ARRAS
ATREBATVM, fertilißimæ Artesiæ vrbis primaria, elegantißimo situ, opere, episcopatu, templis augustiß: quorum S. Mariæ, & Vedasti præcipua, & nobilis. viris, præstans.

Andrzej Szczypiorski

Eine Messe für die Stadt Arras

Roman

Aus dem Polnischen von Karin Wolff

Diogenes

Titel der 1971 in Warschau
erschienenen Originalausgabe:
›Msza za miasto Arras‹

Abdruck der Übersetzung
mit freundlicher Genehmigung der
Evangelischen Verlagsanstalt GmbH, Berlin, DDR
Der Plan von Arras auf dem Vorsatz
ist entnommen aus:
Georg Braun und Franz Hogenberg,
›Beschreibung und Contrafractur
Der Vornembster Stät Der Welt‹
(Faksimileausgabe)
Verlag Müller und Schindler, Stuttart 1968
Umschlagillustration: Pieter Bruegel,
›Der Turmbau zu Babel‹, 1563
(Ausschnitt)

200/88/42/1
ISBN 3 257 01775 8

Im Frühling des Jahres 1458 wurde die Stadt Arras von Hungersnot und Pest heimgesucht. Im Laufe eines Monats fand beinah ein Fünftel der Stadtbevölkerung den Tod.

Im Oktober 1461 kam es aus ungeklärten Gründen zur berüchtigten »Vauderie d'Arras« – grausamen Juden- und Hexenverfolgungen, Prozesse wegen angeblicher Häresie, und auch zu Brandschatzung und Gewaltverbrechen. Nach drei Wochen trat wieder Ruhe ein.

Geraume Zeit danach erklärte David, Bischof von Utrecht und unehelicher Sohn Philipps des Guten, des Herzogs von Burgund, alle Hexen- und Ketzerprozesse für nichtig und segnete die Stadt.

Diese Ereignisse sind es, die den Hintergrund zu der nachfolgenden Erzählung bilden.

A. S.

An jenem Abend kam er zu mir und sagte, daß ich unsere Stadt nicht liebe. Schon von der Schwelle aus schleuderte er mir leidenschaftliche Anschuldigungen entgegen. Ich empfing ihn mit der Hochachtung, wie wir sie unseren Lehrern schuldig sind, geleitete ihn ins Haus und wies ihm einen bequemen Platz an, in dem Glauben, eine friedliche Umgebung und der Labetrunk, mit dem ich ihn zu bewirten gedachte, würden seinen Zorn besänftigen. Doch er wollte sich nicht setzen. Im flackernden Schein der Lampe sah ich sein Gesicht: es war sehr geschwollen. Niemals zuvor hatte ich ihn derart heftig erlebt, und ich hätte schwören mögen, daß er krank war, obwohl das, was er hervorbrachte, vom Vollbesitz seiner Geisteskräfte zeugte. Er beschuldigte mich, daß ich in der vorangegangenen Nacht die Absicht gehabt hätte, die Stadt zu verlassen, wovon er heimlich in Kenntnis gesetzt worden sei. Anfangs verspürte ich nicht übel Lust, diese seine Beschuldigungen zu verlachen. Aber ich kannte ihn; da er mich aufsuchte, besaß er ganz offensichtlich Beweise ...

Am Abend zuvor hatte ich den Vorsatz gefaßt, zu David zu reiten. Unter allen nur erdenklichen Vorsichtsmaßregeln waren die Reisevorbereitungen getroffen worden. Vor Mitternacht verließ ich das Haus, nachdem ich vorher einen Mann mit einem gesattelten Pferd zum Tor des heiligen Ägidius vorausgeschickt hatte. Ich traf ihn an der vereinbarten Stelle. Er zitterte vor Angst und Kälte. Die Nacht war kühl, ein böiger Wind wehte und wirbelte die von den Bäumen herabgefallenen Blätter auf. Zu meinem größten Erstaunen bemerkte ich, daß das Tor weit geöffnet und die Brücke menschenleer war. Unweit davon würfelten die Wächter. Völlig ins Spiel vertieft, schienen sie jenem Wegabschnitt nicht die geringste Beachtung zu schenken. Ich witterte eine Falle. Eine gewisse Zeit verging, die seltsam bedrohlich war. Ungeduldig scharrte das Pferd mit den Hufen. Riesig und weiß wie ein Schneeball ging der Mond auf. Plötzlich vernahm ich Schritte, und nach einer Weile gewahrte ich einen Zisterziensermönch, der sich ganz sorglos dem Stadttor näherte. Einer der Wächter hob den Kopf, sah ohne jedes Interesse zu dem Passanten hin und widmete sich wieder dem Spiel. Der Mönch hatte das Tor bereits hinter sich gelassen und setzte nunmehr den Fuß auf die Brücke. Dumpf dröhnte sein Wanderstab in der Finsternis. Von niemandem aufgehalten, entfernte er sich aus der Stadt. Ich wartete noch ein paar Augenblicke, dann befahl ich, das Reitpferd in den Stall zu bringen, und kehrte nach Hause zurück.

Im Namen des Vaters und des Sohnes und des Heiligen Geistes. Amen. Noch einmal hatte mir die Stadt einen teuflischen Streich gespielt ... Durch die weitgeöffneten Tore aus ihr fortzugehen – eine Ungeheuerlichkeit wäre das gewesen! Dabei waren meine Vorsätze – weiß Gott – die besten. Hatte ich mich doch endlich dazu entschlossen, David von allem in Kenntnis zu setzen, was hier in Arras vor sich ging. Überzeugt davon, daß die Stadt dem Wahnsinn verfallen war, wollte ich nur noch eins: ihr weitere Leiden ersparen und den Mann herbeiholen, dessen Klugheit und gesunder Menschenverstand dem allgemeinen satanischen Treiben sofort ein Ende gemacht hätten. Dennoch war zu vermuten, daß ich bei den Bürgern damit auf Widerstand stoßen würde. Alle wußten, daß ich die Entscheidungen des Rates verdammte. Vieles deutete darauf hin, daß es der Rat nicht mit meiner Entfernung aus seinen Reihen bewenden lassen, sondern zu härteren Mitteln greifen würde.

In den vergangenen Nächten hatte ich kein Auge zugetan. Die Verhaftungen fanden für gewöhnlich gleich nach Sonnenaufgang statt. Mit Einbruch der Dunkelheit flehte ich inbrünstig, daß mich das Schicksal vor Jammer und Qualen bewahren möge. Während ich so in bitterer Erwartung verharrte, ging mir unablässig der erlösende Gedanke durch den Kopf, der Gedanke, den Arras immerhin schon einmal erwogen hatte: David herbeizuholen bedeutete die Rettung für die gesamte von Tollheit besessene Bürgerschaft. Natürlich wußte ich, welch Risiko ein solches Unterfangen in sich barg, doch war ich auf alles gefaßt. Ich rechnete durchaus mit der Möglichkeit, bei meiner Flucht ergriffen zu werden, deshalb hatte ich auch das beste Pferd gewählt und einen vertrauenswürdigen Menschen eingeweiht. Da aber fand ich das Tor verlockend offen vor und die Wache wohlwollend gleichgültig!

Wenn ihr meint, daß es mich nach Martyrium gelüstet und ich mich angesichts der mangelnden Schwierigkeiten zurückgezogen hätte, seid ihr im Irrtum. Was mich unfrei machte, war der barbarische Glaube des Rates an meine Loyalität! Wenn ich zuvor noch an dem Wahnwitz der Stadt hatte zweifeln können, so gab ich mich nach jenem nächtlichen Ausflug zum Tor des heiligen Ägidius keinerlei Täuschungen mehr hin.

Als dann gegen Abend Albert in meinem Hause erschien, war mir sogleich klar, daß nur seinem Hirn ein so schlauer Plan wie die Öffnung der Stadttore hatte entspringen können.

Es gab in Arras keinen klügeren und ehrwürdigeren Menschen als Albert. In seinem Schatten – oder besser: in seinem Glanze – bin ich herangewachsen. Der Geist dieses heiligen Greises erleuchtete die Pfade meines Lebens.

Ich kam als sehr junger Mensch nach Arras – ein Jüngling, der noch keine Schulen beendet hatte, ohne Kenntnis der Bibel, ohne Manieren. Man gab mich unter Alberts Obhut, als ich zwanzig Lenze zählte und im Grunde nichts weiter konnte als stumpf und teilnahmslos Gebete herunterleiern. Er nahm mich mit Herzlichkeit auf und umgab mich nicht nur mit Fürsorge, sondern mit einem Gefühl liebevoller Zuneigung, wie sie bisweilen reife und erfahrene Männer für Grünschnäbel hegen, in denen sie die Ambitionen ihres Lebens fortgeführt sehen. Ich schwöre beim lebendigen Gott, daß er seinen Nachfolger in mir gesehen hat!

Um aufrichtig zu sein: derartige Neigungen habe ich nie gehegt. Gent hatte mich etwas kapriziös gemacht, und wenn sich auch mit dem Lauf der Jahre die Bilder meiner früheren Vergangenheit im Gedächtnis verwischten, so blieb doch meine Lust zu Allotria und Unabhängigkeit die alte. In Gent nimmt man das Leben ziemlich leicht, und da ich zu den reichen Jünglingen meiner Heimatstadt gehörte, gab ich mich häufig wenig schicklichen Lustbarkeiten hin. Ich ging weder Liebesfreuden noch Tafelgenüssen, ja nicht einmal solchen Zerstreuungen aus dem Wege, die strengen Geistern Lästerung dünken mochten. Doch nicht darum geht es! Die Zeit in Gent hatte mir die Gewißheit verliehen, daß ich, wenn ich auch wohl in Wirklichkeit nicht Herr meines Schicksals war, doch stets alles daransetzen sollte, es zu sein!

Chastell, der damals mein Mentor war und sich der Gunst des Fürsten erfreute, behauptete, daß nichts abwegiger sei als die Überzeugung von der Unfreiheit des Menschen. Er pflegte – meist bei üppig bestellter Tafel – zu sagen, daß an der Freiheit des Menschen zweifeln mit dem Hintern denken heiße, statt mit dem Kopf. »Der Hintern scheint dann aus Glas zu sein. Der Mensch vermag an nichts anderes mehr zu denken als nur noch an den Schutz seines Allerwertesten, der zerbrechlich und äußerst delikat ist. Dabei«, fügte Chastell für gewöhnlich hinzu, »gab uns der gute Gott den Hintern, damit man da hineintritt.«

Die Derbheit dieser Anschauung bedeutete durchaus nicht Oberflächlichkeit. Bei den überaus prächtigen Gelagen, in der Gesellschaft schöner Frauen und geistreicher Herren, reifte in mir die Überzeugung heran, daß ich es wert war, auf meine Weise und nach eigenem Gutdünken zu denken.

Ich verließ also Gent als Jüngling – wenngleich als ein Jüngling, der von der prahlerischen Überzeugung beseelt war, schon soweit vernünftig zu sein, um auf eigenen Wegen zu wandeln. Doch ehrlich gesagt, als ich mich plötzlich allein sah, ohne den Kreis meiner Freunde und Zechkumpane, ohne Chastell und seinen mächtigen Schutz, fühlte ich mich rasch verunsichert. Die ersten Wochen in Arras verbrachte ich im Gebet, in Fasten und demütiger Bescheidenheit. Beim ersten längeren Gespräch mit Albert, bald nach meiner Ankunft, hatte ich einen tiefen Schock erlitten. Albert stellte mir eine scheinbar einfache Frage, die mir jedoch zuvor niemals in den Sinn gekommen war: »Woher nimmst du die Gewißheit, daß es ziemlicher sei, seinem Verstand zu vertrauen als der göttlichen Offenbarung? Glaubst du an Gott?«

Ich erwiderte eifrig und aus voller Seele, daß ich an Gott glaube. Darauf fragte er mich, ob ich auch an den Teufel glaube. Wieder antwortete ich mit Ja. Und so fragte er weiter, ob ich denn glaube, daß Gott und Satanas um meine Seele kämpften. Ich aber antwortete, daß ich auch daran inbrünstig glaube. Er aber fuhr fort zu fragen, immer noch sanft und irgendwie freudig gestimmt, ob ich wohl glaube, daß sowohl Gott als auch der Teufel Einfluß auf meine Seele haben. Und ich entgegnete, daß das zweifellos so sei. »Und deswegen«, sagte er, »ist das Wachsen deines Geistes etwas, das an einen unablässigen Kampf gemahnt. Die himmlische Gnade ringt in dir mit den Einflüsterungen der Hölle. Wo also findest du die Bestätigung dafür, daß dein lahmer, von tausend Abhängigkeiten, Einflüssen, Moden, wollüstigen Begierden, Befürchtungen und Launen gefesselter Verstand klarer und erfolgreicher sei in der Erkenntnis der Ratschlüsse Gottes als die Lehre der Kirche? Wir leben in grausamen Zeiten, lieber Jean. Die Menschen wollen keine braven Christen mehr sein; sie nehmen sich ein Beispiel an sittlosen Fürsten und törichten Bischöfen, geben sich absonderlichen Perversitäten hin, suchen die göttliche Gegenwart im alltäglichen Leben und versuchen, die Pläne Gottes auszukundschaften, um ihnen zuvorzukommen. Aber der Herr will nicht, daß sich die Menschen so eifrig um die Erlösung tummeln. Natürlich sehnt sich ein jeder nach ewiger Glückseligkeit, aber soll er doch sein Geschick in die Hände unseres Herrn Jesus Christus legen und ihn nicht vertreten wollen ... Jean, vertrau mir! Mein Leben habe ich inmitten von Büchern und Traktaten der allerklügsten Autoren zugebracht. Lächerlich das Ganze! Ich verachte all diese

Usurpatoren, die – im Vertrauen auf ihren Verstand – die heilige Kirche retten wollen. Die gewaltigste Kraft der Kirche sind die Sakramente; sie nämlich bilden den schmalen Steg, auf dem sich Gott über den Abgründen des Lebens uns nähert. Mit der Treue zu den Sakramenten wahrst du zugleich Gott die Treue. Er ist dann mit dir, und du bist mit ihm. Wenn er dir Verstand gegeben hat, dann nicht dazu, um nach dem Himmel zu greifen, sondern um zu wissen, wie man sich hinieden bewegen soll.«

Damals habe ich Albert gefragt, wo denn die Seele ihren Sitz habe, und er hat meine Brust berührt und gesagt, daß dort die Seele, der Hauch Gottes, wohne – die Kraft, dank derer ich mich rege, Hitze und Kälte empfinde, schlafe, esse, spreche und denke. Ich wollte wissen, ob ich dank dieser Kraft auch die Frauen begehre, worauf er zur Antwort gab, daß das ohne Zweifel so sei, weil Gott ganz und gar keine Quälereien vom Menschen fordere; denn Gott ist großmütig und liebt mich und hat folglich die Frau geschaffen, damit ich sie begehren und besitzen kann. »Nur Dummköpfe meinen, daß die Frau ein Gefäß des Satans sei«, fügte er ärgerlich hinzu. »Sie hat eine unsterbliche Seele und einen anmutigen Leib. Wenn der Satan sie geschaffen hätte, wäre sie eine Kröte ...«

Damals erkühnte ich mich, ihn zu fragen, ob die Seele, deren Ansturm ich in meiner Brust fühle, auch allen anderen Geschöpfen gegeben sei. Er aber erwiderte, daß er es nicht für abwegig halte, zu glauben, daß Hund, Katze, Kuh, ja sogar der Esel von Gott mit einer Art heiligem Funken bedacht worden seien, der ihnen zu sein, zu leiden und sich zu freuen erlaube. Für mich war das offene Häresie, und ich bemerkte, daß mir seine Worte mit den Lehren der Kirche nicht übereinzustimmen schienen. Er lächelte sanft.

»Jean, mein Lieber«, sagte er, »nicht alles, was Gott will, wurde in den Büchern niedergeschrieben, und nicht alles, was Gott will, ist dem Menschen bekannt, selbst wenn dieser Mensch zu den Fürsten der Kirche gehört. Stell dir zum Beispiel vor, daß deine Reitpferde und deine Herden, die auf den Wiesen Brabants weiden, auch ihren Tierhimmel haben! Was ist Schlechtes daran, und wie kann das die christliche Lehre beleidigen? Der heilige Franziskus hat vom Pferd gesagt: ›Mein Bruder Pferd‹, und von der Spinne: ›Meine Schwester Spinne‹. Darf man nicht vermuten, daß der Schöpfer in seiner unbeschreiblichen Gnade und Güte verschiedenerlei Los auf Pferde, Kühe, Ziegen und Lerchen herabgeschickt hat, um sie in Freud und Leid zu erproben? Nur eins ist gewiß, nämlich daß Gott den Menschen nach seinem Bild und Ebenbild geschaffen und ihm auch Verstand verliehen hat – was aus uns die unglücklichsten Wesen unter der Sonne macht. Die göttlichen Forderungen sind gegenüber dem Menschen tausendfach höher als gegenüber der Ratte, was jedoch keineswegs bedeutet, daß die Ratte für alle Zeiten verdammt ist. Wenn du für dich und mich betest, solltest du ein kleines Teil deiner feurigen Empfindungen den Tieren, Bäumen und Sternen weihen, damit auch sie im himmlischen Register aufgezeichnet werden.«

Albert sprach lange und so hochherzig, daß mir die Tränen übers Gesicht liefen und meine Seele von Dankbarkeit und tiefer Achtung erfüllt war. Das heißt aber nicht, daß ich ohne zu zweifeln und zu zögern seine Lehre übernommen hätte. Mein Kopf war zwar leer, aber in den Knochen lagen mir noch die Genter Ausschweifungen – was mich eher trotzig machte.

Wir unterhielten uns die ganze Nacht hindurch, bis die

Sonne wieder hinter den Hügeln hervorschaute und die Gäßchen der Stadt erhellte. Ich wollte wissen, was er von der Gleichheit der Menschen angesichts Gottes, aber auch angesichts ihres irdischen Seins denke.

»Worin ist der Hirt deiner Herden schlechter als du?« entgegnete Albert. »Fest steht: hinsichtlich seiner Geburt. Du bist in einer guten Familie zur Welt gekommen, die von den Himmeln dazu berufen wurde, ein leuchtendes Beispiel an Tugend und Gerechtigkeit zu geben. Einfache Menschen haben einen einfachen Lebenslauf. Man kann von ihnen nicht Taten erwarten, die dir zu tun bestimmt sind – was nichts anderes meint als größere Lasten tragen. Nicht dazu besitzt du Herden fetter Kühe und edler Pferde, damit du im Unflat lebst, sondern um schmerzlichen Prüfungen unterzogen zu werden. Will der Herr einen Bettler versuchen, schickt er die Pest auf ihn herab. Will er dich versuchen, schickt er dir gleichfalls die Pest. Vergegenwärtige dir das Leiden eines im Kirchenportal zusammengekauerten Bettlers, dessen Leib mit Geschwüren bedeckt ist, und stell dir vor, wie ein Reicher leidet, wenn er in herrlichen Gemächern, inmitten seiner Dienerschaft, würdiger Beschützer und schöner Konkubinen unter Gestank und Verwesung verreckt! Wenn dir eine hohe Geburt gegeben ist, dann dazu, damit du aus der Höhe herabstürzest. Nach göttlichem Ratschluß geschieht es, daß alle Bequemlichkeit und Subtilität deiner Existenz einem um so schwereren und traurigeren Tod zu dienen haben. Vom Elend zu scheiden, fällt ja nicht schwer.«

Um der Wahrheit die Ehre zu geben, mich kam ordentlich Lust an, seine Lehren zu verspotten; denn solch schnörkliges Gerede war ganz und gar nicht nach meinem Geschmack. Mich verdroß an Albert sein kunstvolles

Denkritual und auch seine Geschwätzigkeit, die noch aus den alten Zeiten herrührte, da die Menschen über nichts anderes als über den Herrgott und seine Heiligen zu reden verstanden. Ach, ich glaubte inbrünstig und war ein frommer Christ, aber ich wollte nicht mein ganzes Leben damit vergeuden, Gottes Wollen und Trachten zu erforschen, um ihm zu gefallen. Was er mit mir tun wollte, war seine Sache, während ich es für meine Sache hielt, in Einklang mit der Natur zu leben, mit der man mich ausgestattet hatte. Haltet mich für einen Schmarotzer, wenn es euch beliebt; denn, wahrhaftig, nur nach dem einen dürstete mich – nach Freiheit! Wenn sich mir Gott in den Weg stellte, machte ich einen Bogen um ihn.

Ich hoffe, daß er mir in seiner unbeschreiblichen Güte großmütig verzeihen wird...

Freiheit... IM NAMEN DES VATERS UND DES SOHNES UND DES HEILIGEN GEISTES. AMEN. Freiheit – das heißt, der zu sein, als den uns die Himmel geschaffen haben. Eine Freiheit der Narretei und der Klugheit, der Leichtlebigkeit und des Leidens, des Glückes und des Unglückes also.

Bei aller Hochachtung, die ich für Albert hegte, war ich alleweil der Ansicht, daß ein Stück von einem stumpfsinnigen Pfaffen in ihm steckte. Ach, wie es ihn verlangte, um die Erlösung der Seelen zu kämpfen... Selbst zu den Maikäfern beugte er sich, von Sendungsbewußtsein beseelt, herab. Eben diese Mission empfand ich als eine Art Gefangenschaft. Wenn er selber sich in der Haut des Lehrers und Propheten wohl fühlte, war er frei, gewiß. Doch sofern er versuchte, diese Haut über meinen Nacken zu zerren, wurde er zu einem Tyrannen.

Einmal hatte er mir einen Disput über den Kommentar des verehrungswürdigen Jean Gerson* aufgetragen. Es war dies eine Arbeit, die gut und gern drei Sonntage in Anspruch nahm. Frühling war's, und die Stadt badete sich in strahlendem Sonnenlicht. Zu Beginn des Jahres war Herzog Philipp nach Arras gekommen und mit ihm sein quicklebendiger, fröhlicher Hof. Wie ihr wißt, trieb sich dort zu jener Zeit eine Menge Engländer herum, und obschon ihnen der Herzog letzten Endes den Rücken gekehrt hatte, waren sie doch auf seinen Gütern verblieben, wo sie auf Kosten Burgunds feierten und zechten. Ja, ja, die Engländer sind stets da zu finden, wo man es sich wohl sein lassen kann ... Als es zu tauen begann, reiste Philipp nach Brüssel weiter, während in Arras allerlei Volk Aufenthalt nahm: Freßsäcke, Zungendrescher, Wollüstlinge und auch ein paar leichte Frauenzimmer. Mich wunderte das gar nicht; Philipp alterte häßlich, immer ungestümer haspelte er die Gebete ab, und nur noch scheelen Blicks sah er auf die geile, lärmende Bande – weshalb ein Teil des Hofes klugerweise eingesehen hatte, daß es besser war, in Arras unter der gnädigen und zudem fernen Hand Davids zu bleiben. Königliche Bastarde haben ein milderes Verhältnis zur Sünde als ihre edelgeborenen Väter.

So also war in jenem Frühling Arras mit dem lärmenden Völkchen von Burgundern und Engländern angefüllt. Es gab da auch eine englische Dirne, die in der Liebe sehr geschickt war. Sie zählte zwanzig und ein paar Jahre, und des nachts träumte ich von dieser Frau. Den Kommentar des Gerson hatte ich bald in die Ecke geworfen und streunte

* *Gerson* – Jean Charlier, gen. Gerson (gest. 1429 zu Lyon), berühmter Wortführer einer Reform der »Kirche an Haupt und Gliedern«

nun mit jener Dirne durch die Wiesen und freute mich des Lebens.

Eines Tages stürzte Albert auf mich los und schlug mir ins Gesicht. Ich litt furchtbar unter dem Schmerz und der Demütigung. Als ich endlich genesen war, hatte die Dirne Arras längst verlassen, Albert aber unterzog mich einem strengen Verhör.

»Woher die Gewißheit«, sagte ich damals frech, »daß es ziemlicher sei, Gott mit einem Disput über das Werk Meister Gersons zu ehren als mit den Lenden? Du hast mir von Liebe gesprochen, Albert. Hundertmal mehr liebe ich den Bauch einer Frau als die Wälzer der Mummelgreise von der Sorbonne. Was hat schon Gerson von meinen Glossen! Er ist längst zu Staub zerfallen, und im besten Falle sehen wir uns in fünftausend Jahren im Tale Josaphat ... Was aber die englische Dirne betrifft, so haben wir beide auf den Wiesen vor der Stadt das Glück gekostet. Und woher kann man wissen, ob nicht gerade *das* Gott wohlgefällig ist?«

»Du lästerst!« schrie Albert.

So war er immer. Wenn er lehrte, sprudelten Klugheit und Nachsicht aus ihm heraus wie Wasser aus einer Quelle. Aber wehe, wenn man versuchte, nach seinen Geboten zu leben – gleich drohte er mit der Hölle! Er hegte in sich die reine Idee, nach der zwischen Gott und den Menschen eine wunderbare Harmonie besteht – aber ihre Realisierung widerte ihn an.

Im Namen des Vaters und des Sohnes und des Heiligen Geistes. Amen. Alles war gut, meine Herren, aber gerade das war die Hölle. Stellt euch mein Dasein an der Seite dieses würdigen und verständnisvollen Lehrers vor, der schließlich als Musterbild sämtlicher Tugenden gelten durfte! Er hat mir gesagt: »Liebe die Tiere, denn sie sind deine jüngeren Brüder!« Aber als ich in einem harten Winter meinen Pferden in reichem Maße Hafer hinschütten ließ, warf er mir Leichtsinn und Verschwendungssucht vor. Er hat mir gesagt: »Liebe die Frau, denn sie ist dir von Gott gegeben!« Aber als ich mir eine Konkubine hielt, jagte er sie mit einem solchen Gezeter aus dem Haus, daß es die ganze Stadt hörte, und beschuldigte mich eines liederlichen Lebenswandels, was natürlich in Arras, wo jeder angesehene Bürger mehr Liebste als Reitpferde sein eigen nannte, allgemeine Heiterkeit hervorrief. Er hat mir gesagt: »Liebe deinen Nächsten und behandele ihn wie einen Gleichgestellten, denn er ist dir gleich!« Aber als ich mir Mühe gab, mich seinen Lehren anzupassen, geißelte er mich, wobei er ausrief, daß ich noch in geistiger Umnachtung enden werde. Er hat mir gesagt, ich solle die Juden nicht verabscheuen, aber er selbst wollte in meinem Hause nicht zu Tische sitzen, weil jüdische Bankiers aus Utrecht hin und wieder bei mir speisten. Das schlimmste war, daß er kein bißchen heuchelte! Mit seinem eisernen Glauben gepanzert, wandelte er durch die Stadt Arras – so bescheiden, daß er beinah hochmütig, so weise, daß er beinah töricht, so ehrbar, daß er beinah nichtswürdig war. Nur eines fürchtete er auf der Welt mehr als die Hölle: Er fürchtete David, meine Herren!

Einmal war ich bei einem ihrer Gespräche zugegen. David war ganz unerwartet, mit nicht sehr großem Gefolge, eingetroffen. Er baute sich vor Albert auf und begrüßte ihn, indem er sich bis zur Erde vor ihm verneigte. Der Bischof war stämmig, schwarz, die Haut gegerbt von den Nordwinden; Albert dagegen war weiß wie Schnee, altersgebeugt, mit langem grauem Bart. Der königliche

Bastard – ein unverwüstlicher Gauner, der Teufel in leibhaftiger Gestalt, ein Vielfraß, ein Lügner, voll wilden Stolzes und der verrücktesten Einfälle –, und ihm gegenüber ein Weiser, nur aus Wissen, Ernst und Tugendhaftigkeit gebildet. Zwei Naturgewalten, wie zwei losgelassene Kettenhunde. Ach, meine Herren, was war das für eine erlesene Unterhaltung...

Albert bat David zu Tisch, worauf jener lospolterte:

»Euer Wohlgeboren, ich bin nicht gewöhnt, wurzelnknabbernd Tafel zu halten...«

Er sagte zu Albert stets »Euer Wohlgeboren«, und dieser wurde feuerrot und murmelte leise:

»Oh, mein Fürst...«

Natürlich war das Festmahl so, daß einem die Augen übergingen. David fraß für zehn, warf die Knochen umher und schleckte sich das Fett von den Fingern. Prüfend sah ich zu Albert, den sogleich der Appetit verlassen hatte. Bei Gott, ich wußte genau, was der Fürst tat! Er war ganz und gar nicht aus so grobem Holz geschnitzt, nicht so primitiv, wie er bei jenem Essen sich zu geben beliebte. Er wieherte vor Lachen wie ein Pferd und rülpste in einem fort, was selbst auf diejenigen keinen guten Eindruck machte, die ihm von ganzem Herzen ergeben waren. Wirklich, er übertrieb ein wenig... Aber als das Tischgespräch begann, wie brillierte da der Bischof von Utrecht!

Man sprach über die Natur des Menschen. Albert klammerte sich wie gewöhnlich an seine barmherzigen Redensarten.

»Mein Fürst«, sprach er, »wer ehrlichen Herzens seine Mutter liebt und zu den Tieren gütig ist, wie es der heilige Franziskus lehrte und gebot, der muß unfehlbar ein guter Mensch sein...«

»Ach, was!« schnauzte David. »Ich hatte einen Halunken bei mir, der mir da und dort unbotmäßige Untertanen erdrosselte, mit Gift beseitigte, manchmal auf meinen Befehl jemandem das Messer zwischen die Rippen stieß ... Einmal, da kommt er tränenüberströmt zu mir. ›Was ist passiert?‹« frage ich den Schurken. ›Mein Gebieter‹, antwortet er mir, ›die Mutter ist mir heut früh im Morgengrauen verstorben.‹ Er war dermaßen untröstlich, daß ich ihn – stellt Euch das vor, Euer Wohlgeboren – für ein paar Sonntage von jeglicher Arbeit befreien mußte, weil ihm die Hand zitterte und er einen Menschen hätte verstümmeln können, anstatt ihn ins Jenseits zu befördern. Was die Tiere angeht, so liebte er sie herzlich und gefühlvoll ...«

Albert rollte mit den Augen, biß sich auf die Lippen und bemerkte, daß eine Ausnahme die Regel bestätige.

Darauf David beiläufig, daß auch er zu den Ausnahmen gehöre; denn er liebe seine Mutter innig, seine Pferde und Hunde hätschele er wie kaum jemand, und doch erfreue er sich wohl kaum des Rufes, der beste Mensch in Brabant zu sein ...

»Das ist bloß eine Laune Eurer Herrlichkeit!« rief Albert aus.

Die halbe Nacht wälzte ich mich fast vor Lachen bei diesem Disput. Als man sich gebührend den Wanst vollgeschlagen hatte, kam der Bischof unvermittelt auf den Grund seines Besuches zu sprechen:

»Euer Wohlgeboren«, sagte er mit gutmütigem Grinsen, »ich bin nach Arras gekommen, weil man mir berichtet hat, daß die Bürger gelangweilt und trübsinnig sind vom ständigen Fasten, den andauernden Prozessionen und dem emsigen Sichmühen um das ewige Heil. Auch mir geht es um Euer Heil; ich schwör's bei den heiligen Wunden Christi, daß ich an nichts anderes denke und daß mir nichts so sehr Verdruß bereitet wie der Verfall der guten Sitten. Aber es ist nun einmal so, daß die Brabanter Kopfsteuer am Versiegen ist; mein königlicher Vater zürnt ingrimmig, weil die Einkünfte aus den nördlichen Städten erbärmlich sind. Der Handel bei uns ist wie eine kurzatmige Stute; die Stadtmauern sind brüchig, seit der englischen Bedrängnis hat niemand mehr Hand an sie gelegt; auf den Landstraßen treiben sich überall Räubergesindel und Büßervolk herum, so daß für Kaufleute kein Platz mehr bleibt... Sicher wär ich froh, wenn ich der Stadt Arras den Himmel geneigt machen könnte, aber laß nicht außer acht, Euer Wohlgeboren, wovon uns das täglich Brot zu essen kommt. Seele ist Seele, aber auch der Leib muß seine Brosamen haben.«

»Euer Herrlichkeit...!« schrie Albert auf, doch der Bischof unterbrach ihn mit einer Handbewegung und setzte seine Rede fort, wenn auch schon in einem weniger gutmütigen Ton:

»Ehrbares Paterlein, wir beide kennen uns wie zwei kahle Pferde. Du, Wohlgeboren, rette die Menschenseelen, aber in zwei Sonntagen zahlst du meinen Steuereinnehmern sechzig Dukaten!«

Albert flatterten die Hände. »Soviel Geld!« rief er verzweifelt.

»Wenn ich ein bißchen kratzen würde«, sagte David, »könnte ich in euren Truhen Tausende finden...«

»Ich kann das nicht tun«, erwiderte Albert. »Ich werde nicht zum Plünderer an den Menschen meiner Stadt!«

Der Bischof fiel vor Lachen fast von der Bank.

»Vater«, sagte er, nachdem er sich ein wenig beruhigt hatte, »wo steht geschrieben, daß die Menschen geneigter sind, ihre Seelen zu retten als ihr Vermögen? Die Stadt Arras geht vor die Hunde! Immer schlimmer und schwerer ist es, hier zu leben. Unablässig predigst du den Herrgott und seine Heiligen und teilst die Sakramente aus, während unterdessen das Vieh von der Räude zerfressen wird, die Häuser verfallen und auch nichts da ist, womit man sich kleiden und das Maul stopfen könnte. Die hiesigen Bürger fliehen in andere Länder, dorthin, wo es weniger Heiligkeit, aber dafür mehr zu essen gibt. Für die sechzig Dukaten, die ich erhalte, werde ich die Stadt anders einrichten. Ihr kennt mich, Euer Wohlgeboren, und Ihr wißt, daß ich ein guter Haushalter bin. Ihr meint, daß es den Menschen schon leichter ist, wenn Ihr sie mit dem Gotteswort auf den Lippen bedrängt. Meine Macht beruht auf etwas ganz anderem: Wenn es nottut, presse ich, und wenn es nottut, laß ich locker... In Utrecht sieht man viele lachende Gesichter, bei euch in Arras aber verziehen sich alle Münder bloß zum Gebet.«

Albert stand von der Tafel auf und hob die Hand, und ich wußte gleich, daß er jetzt wieder eine von seinen wundervollen Phrasen von sich geben würde, mit denen er seit nunmehr zwanzig Jahren die Stadt Arras fütterte. Sinngemäß sagte er folgendes:

»Euer Herrlichkeit, man muß vor allem die lieben, die man regiert...«

Doch David brach von neuem in dröhnendes Gelächter aus: »Geh zum Henker, Albert! Deine Liebe können sie sich in den Hintern stecken. Nicht darum geht es, daß sie geliebt werden, sondern daß sie sich wohl fühlen. Was haben sie von deiner Liebe, wenn es ihnen schlecht geht? Mich liebt in Utrecht kaum jemand, und ich liebe niemanden, aber ich möchte zufriedene Gesichter und allgemeine

Sattheit um mich sehen, nur so werde ich in Ruhe mein Leben genießen können.«

»Euer Herrlichkeit!« rief Albert aus. »Ihr buhlt um die Gunst der Masse! Wenn sie die barbarischsten Wettspiele fordern würde, Ihr würdet ihnen auch das nicht abschlagen! Ihr lechzt nach Beifall, ich aber trage nach der Erhabenheit der Menschenherzen Verlangen.«

»Ach, zum Teufel mit deiner Erhabenheit, Albert! Wenn sich mein Vater zu den Geboten des Herrn verhalten hätte, wie es sich gebührt, wär ich überhaupt nicht auf der Welt. Er hat mich in Sünde gezeugt, ich bin die Frucht seines Vergehens, aber das weiß ich: Ich bin in Wonnen empfangen worden, Wonnen, die das sittsame Bündnis meinem Vater nicht zu schenken vermochte. Verlangt also keine Erhabenheit der Gefühle von mir, Euer Wohlgeboren! Ich stehe den Bürgern von Arras näher, die Brot und Zerstreuungen verlangen, als dir, Vater, mit deinem ewigen Gepredige ...«

»Jeder Herrscher, der um die Seelen seiner Untergebenen ringt, ist einsam«, entgegnete Albert.

»Du faselst ungereimtes Zeug, Wohlgeboren. Nicht jeder, sondern nur der, der es selber will.«

Hier beugte sich Chastell, der den Fürsten nach Arras begleitet hatte, zu ihm und flüsterte:

»Was immer auch in Arras geschehen mag, eins muß man zugeben, unser Väterchen Albert ist rein wie eine Träne.«

»Was liegt schon an seiner Reinheit, sofern er ein Schafskopf ist!« knurrte der Bischof von Utrecht.

Wahrlich, dieser Mensch hatte eine treffsichere Zunge.

Wer anders als er hätte sonst vermocht, Albert so zielgerichtet einen Stoß mitten ins Herz zu versetzen?

Angefangen hatte alles – um es einmal so zu sagen – ganz harmlos. Wer hätte gedacht, daß sich eine solche Bagatelle einst zu so grauenvollen Geschehnissen ausweiten würde!

Einem Tuchmacher namens Gervais, den man auch den Damaszener nannte, weil er vor Jahren in Syrien gewesen war und ausgedehnte Beziehungen zu der dortigen Kaufmannschaft unterhielt, war sein Pferd verendet. In der Tat eine ziemlich merkwürdige Sache! Besonders wenn man in Betracht zieht, daß das Tier gesund und kräftig gewesen war. Zweijährig, von edler Rasse, als Reitpferd benützt und im Stall seines Besitzers mit besonderer Fürsorge umgeben. Wie ich sage, das Pferd war am Abend vorher kerngesund, und als der Herr vor dem Schlafengehen noch einmal eine Runde durch Haus und Hof machte, fiel ihm sogar auf, daß das Tier sich prächtig fühlte, und so beauftragte er den Stallknecht, das Pferd am Morgen zu satteln und vor das Tor zu führen, weil Gervais mit seiner Serge bis nach Lille reiten wollte. Am Tag darauf schleicht sich der Stallknecht ins Schlafgemach seines Herrn und meldet ihm, daß das Pferd krepiert sei. Die Hausbewohner laufen herbei. Das Tier liegt reglos auf der Tenne, der Bauch aufgebläht, die Nüstern mit getrocknetem Schaum bedeckt.

»Was hat es nachts gefressen?« schreit Gervais. Sie sagen ihm, daß das Tier nichts zu fressen bekommen hat. »Man hat mir mein Pferd vergiftet!« brüllt der Tuchhändler. Doch das war ganz und gar unmöglich, weil die Haustore wie immer vor Einbruch der Dunkelheit geschlossen worden und alle im Hause Lebenden Gervais schon seit Jahren bekannt waren und sich seines Vertrauens erfreuten.

Schmerzlich betrauerte Gervais den Verlust des schönen Tieres. Gegen Nachmittag kam ein Bekannter zu ihm, ein Seiler und ein reicher Mann, der drei Gesellen bei sich beschäftigte und nahe der Stadt ein Stück Obstgarten besaß. Der Seiler sagt:

»Ich höre, Damaszener, daß dich großer Harm getroffen hat! Dein Pferd ist heute nacht verendet, hm ... Nun, du sollst wissen, daß ich an deinem Stall vorbeigegangen bin und im Schein einer Fackel den Juden Celus gesehen habe, wie er dein Anwesen verfluchte.«

Mit seinen Worten hatte der Seiler genau ins Schwarze getroffen, denn seit Jahren lag der Damaszener mit Celus im Streit. Bei der Sache mit dem Pferd mußten wirklich unreine Kräfte mit im Spiel gewesen sein, denn wer hätte je gehört, daß ein Tier so plötzlich verreckte? Der Damaszener eilte zum Rat und legte Klage ein. Ich war nicht zugegen, da ich andere Beschäftigungen hatte, die keinen Aufschub duldeten, aber ich weiß, daß Albert den Tuchmacher persönlich verhörte.

»Bring einen Zeugen«, sagte er zu dem aufgebrachten Denunzianten.

Geschwind schaffte man den Seiler herbei.

»Schwörst du, daß du ihn mit eigenen Augen gesehen hast?« fragte Albert.

»Ich schwöre es bei den Wunden Christi!«

Farias de Saxe, der ein Gelehrter war auf dem Gebiet der Kompetenzen und Vorschriften des Gesetzes und der aus Mangel an interessanterer Beschäftigung im Rat saß, hat damals zu Albert gesagt:

»Vater, es ziemt sich nicht, daß du Angelegenheiten entscheidest, die die Bürger betreffen. Selbst wenn sie sich heute mit deinem Urteil zufriedengeben, werden sie schon morgen ein Geschrei anstimmen, daß du die Stadt nach deinem eigenen Willen manipulierst. Besser ist, wenn sie selber Celus anhören.«

Das Ergebnis dieser Auseinandersetzung war von nicht geringer Bedeutung. Albert, der niemals auf den Genuß, Gerechtigkeit zuzumessen, verzichtete, widersprach Farias de Saxe, indem er sich auf Celus' Abkunft berief:

»Wo steht geschrieben, daß die Stadtgerichte einen Juden richten sollen? Einen Juden kann jeder richten!«

Darauf Farias de Saxe:

»Und wo steht geschrieben, daß einen Juden jeder richten kann?«

Selbstverständlich blieb Albert in dem Streit Sieger, denn für ihn war dessen Ausgang von entscheidender Wichtigkeit, während Farias de Saxe alles als eine Kurzweil ansah. Er war zu reich und zu gelangweilt, als daß er irgendeinem Ding besonderes Gewicht beigemessen hätte. Einmal, als ich ihn in der Kirche vor dem Beichtstuhl traf, erzählte er mir, daß er aus Langerweile sündige und aus Langerweile zur Beichte gehe ... Farias de Saxe war wirklich der einzige große Herr in Arras! Möge er in Frieden ruhen ...

Man brachte also Celus herbei.

»Du hast Verwünschungen ausgestoßen?« fragte ihn Albert.

»Euer Wohlgeboren, ich vermag dergleichen nicht.«

»Sie sagen von dir, daß du ein kluger Jude bist.«

»Um so weniger vermag ich's!«

»Soll das heißen, daß zu einem wirksamen Fluch Unwissenheit gehört?«

»Für die einen bedeutet's dies, für die anderen das ... Jeder liest, was er entziffern will.«

»Gestehe, Celus, daß du Gervais den Damaszener haßt!«

»Hab ich die Pflicht, ihn zu lieben, Euer Wohlgeboren? Wenn ja, dann werde ich ihn lieben.«

»Nicht zum erstenmal stehst du vor dem Rat, Celus. Vor drei Jahren hast du christliche Leichname verächtlich gemacht.«

»Euer Wohlgeboren sind im Irrtum. Ich hatte damit nichts zu tun, ich war ja damals gar nicht in der Stadt, was die Untersuchung überzeugend nachgewiesen hat.«

»Aber du leugnest nicht, in jene Sache verwickelt gewesen zu sein?«

»Das kann ich ja nicht leugnen, denn so war es... Aber...«

»Celus, man hat uns davon in Kenntnis gesetzt, daß du dich geweigert hast, Herrn de Saxe zu empfangen, wie es der Brauch befiehlt.«

»Euer Wohlgeboren, Herr Farias de Saxe wird bezeugen, daß ich ihn stets mit der gebührenden Demut gegrüßt habe. Herr de Saxe kam selbdritt mit einem Windspiel und einem Pointer, und niemals habe ich seine Rechte angetastet.«

»Aber du hältst diese Rechte nicht für billig.«

»Nicht an mir ist es, darüber zu befinden, was billig und was nicht billig ist in der Stadt Arras...«

»Soll das heißen, daß dir die Stadt gleichgültig ist?«

»Das habe ich nicht gesagt, Euer Wohlgeboren.«

»Aber gedacht hast du's, Celus.«

»Mit Verlaub, woher kennen Euer Wohlgeboren meine Gedanken?«

»Du bist nicht hier, um Fragen zu stellen, sondern um zu antworten.«

Und so ging es bis zum späten Abend. Celus tat mir leid, obschon er ein Jude war, aber ich mischte mich nicht ein. Die Aussage des Seilers nahm man als Beweis, was von Anfang an selbstverständlich gewesen war.

In derselben Nacht erhängte sich der Jude Celus im Keller des Rathauses. Herr de Saxe besaß die Kühnheit, Albert zu benachrichtigen:

»Vater, das Blut dieses Juden kommt auf dein Gewissen!«

Worauf Albert hochfahrend erwiderte:

»Du sprichst von etwas, was du selber nicht hast und kennst.«

Farias de Saxe knurrte mir zu, als er den Ratssaal verließ:

»Solche wie der da sind immer die Schlimmsten. Sie morden sündlos.«

Wie ich gehört habe, betrank sich Herr de Saxe an diesem Tage ganz mächtig. Es war einer der wenigen Tage seines Lebens, an denen er sich nicht gelangweilt hat.

Aber nicht das Besäufnis Herrn de Saxes rief die angespannte Lage in der Stadt hervor.

IM NAMEN DES VATERS UND DES SOHNES UND DES HEILIGEN GEISTES. AMEN. Meine Herren! Eure Meinung über die Bürger von Arras mag heute voller Widerwillen, ja schlechtweg voller Abscheu sein. Denn: allerdings haben sie sich in Dinge eingelassen, die die Welt noch nicht gesehen. Doch so war es nun einmal des Schicksals Fügung. Ich habe diese Menschen gekannt. Sie waren nicht schlecht, ganz bestimmt nicht schlechter als die anderen Bewohner Brabants und des gesamten Herzogtums.

Arras hat zwar nicht allzu viele heiligmäßige Männer und tugendhafte Frauen hervorgebracht; es gab viel Mißgunst, Unflat, Schweinerei, so manch ein Haderlump hatte sich ein warmes Nest innerhalb der Mauern der Stadt gebaut, aber an jenem Abend, als der Tod des Juden Celus laut wurde, bekannten sich fast alle Bürger als des Mordes mitschuldig. Ach, ich will hier nicht anführen, daß sie die Juden und ihre roten Flicken auf den Oberröcken gemocht, daß sie in der dichten Menge der Jahrmarktstage ohne Widerwillen ihren Arm gestreift oder dem Wort eines Juden getraut hätten. Alle Bürger begriffen wohl, daß die Juden ein fremdes Element sind und daß Gott eine Stadt auf eine schwere Probe stellt, wenn er sie zum Zusammenleben mit den Henkern unsres Herrn Jesus Christus verurteilt. Aber eben darum, weil die Bürger von Arras rechtschaffene Christen waren und sich in das himmlische Urteil schickten, bildeten sie gemeinsam die Erdkrume, in der der jüdische Same aufkeimen konnte.

»Ich für mein Teil erfreute mich in Arras keiner besonderen Sympathie, soviel stand fest! Ich war ein Zugewanderter, aus einem anderen Land, war Auge und Ohr des Utrechter Hofes, also machte man einen Bogen um mein Haus, weil man mir eben nicht traute. Nichtsdestotrotz kam man an jenem Abend ausgerechnet zu mir, in Tränen aufgelöst und laut klagend:

»Der Jude Celus hat sich im Rathaus erhängt«, riefen sie voller Herzeleid. »Herr Albert hat unrecht an ihm gehandelt... Wehe uns, denn Gott vergibt solche schandbaren Sünden nicht!«

»Was soll ich tun?« fragte ich sie.

»Geh zu Bischof David, der dein Freund ist, und bitte ihn, daß er in seine treue Stadt Arras komme. Ohne seine Anwesenheit trifft uns alle ein Unheil. Wir wollen das unschuldige Blut abwaschen, das über die Bürger von Arras gekommen ist. Möge uns der Bischof sagen, was wir tun müssen...«

Was sollte ich ihnen antworten? Es dünkte mich einfach lächerlich, nach Utrecht oder Gent zu reisen, mich vor

David hinzustellen und ihn um seinen Besuch zu bitten. Indes ich von der Höhe meines Hauses herab auf diese kummervolle Bürgerschar blickte, malte ich mir Davids Grinsen aus, während ich ihm die Bitte seiner Herde vortrage.

Meine Herren! Ihr kennt den Fürsten besser als ich. Er ist ein bedeutender Mann und vorbildlicher Christ. Und dennoch... Ich sah es direkt vor mir, wie ich da so in Gent ankomme, die Pferde unterwegs zuschanden geritten; wie ich die bischöflichen Gemächer betrete, staub- und schweißbedeckt, das Gesicht vom Herbstwind rauh gerötet. David begrüßt mich gnädig:

»Gelobt sei der Höchste, daß du da bist, Jean! Ich gehe morgen auf die Jagd, du wirst mich begleiten...« – »Euer Herrlichkeit«, sage ich, »ich bin ein Abgesandter der Stadt Arras. Die Leute dort bitten dich demütig um deinen Besuch; denn sie fürchten die göttliche Strafe. Herr Albert hat einen Juden namens Celus in den Tod gehetzt...« – »Einen Juden, sagst du?« David lacht. »Und wegen eines einzigen Juden soll ich mich nach Arras aufmachen?« – »Nicht seinetwegen, Euer Herrlichkeit, sondern wegen der Bürger dieser unglücklichen Stadt!« – »Und was kann ich der Stadt raten, wenn sie den Schluckauf hat... Mir steht nicht der Sinn danach, mit Albert um irgendeinen jüdischen Kadaver zu rechten. Gott hat's gegeben, Gott hat's genommen! Und du, Jean, hör auf, dir Sorgen zu machen. Ich hab eine Dirne aus Speyer; sie ist zauberhaft, ich geb sie dir auf zwei Nächte...« – »Euer Herrlichkeit«, sage ich verzweifelt, »das Volk in der Stadt ist erregt. Ich befürchte Tumulte. Euer Herrlichkeit weiß, wie leicht es in unseren schweren Zeiten ist, die Leidenschaften zu entfachen. Noch sind die Wunden nach dem grauenvollen Kannibalismus der vergangenen Jahre nicht vernarbt. Kaum daß sich die Stadt aus der Tiefe zu erheben beginnt, da...« David hebt die Hand zum Gesicht, als wolle er eine lästige Fliege verjagen. Ich schweige. Jetzt sagt er: »Pax! Pax! Worum ging es mit diesem Juden?« – »Ein Mann hat ausgesagt, der Jude Celus habe Verwünschungen auf das Haus eines Tuchmachers geworfen, und dem Tuchmacher ist ein reinrassiges Pferd eingegangen. Das Pferd war gesund und sollte mit seinem Herrn eine Reise tun, als es plötzlich mitten in der Nacht auf Grund des Judenfluches im Stall verreckte...« – »Und was für eine Farbe hatte es?« fragt David und lacht. »Das weiß ich nicht, Euer Herrlichkeit.« – »Na, wenn es braun war, dann war's nicht schade drum...« – »Euer Herrlichkeit! Ich spreche die Wahrheit! Die Stadt ist aufgebracht...« – »Du langweilst mich, Jean. Wenn es ihnen um Buße zu tun ist, sollen sie sich peitschen. Sag in Arras, der Bischof befehle eine Prozession und ein zehntägiges Fasten. Väterchen Albert ist auf seine Weise viel ärgerlicher für mich. Für ihn ist die Rechnung einfach: ein Pferd, ein Jude! Aber mit Gott zu rechnen, das ist schon meine Angelegenheit! Was aber soll ich Gott sagen? Und woher will ich wissen, ob es nach Gottes Meinung recht war, den Juden zu beseitigen? Vielleicht einen Juden, vielleicht zwei, vielleicht aber auch nur einen halben... Ich hab keine Ahnung, wieviel ein Pferd in den himmlischen Ställen wert ist!«

Ja, herzlich wenig würde ich in Gent ausgerichtet haben. So hieß ich die Leute nach Hause gehen und bis zum nächsten Morgen warten. Ich aber machte mich auf, um mit Albert zu sprechen.

Albert empfing mich eisig wie immer, wenn er eine Auseinandersetzung erwartete. Nie hatte er sich von der

Überzeugung frei machen können, daß ich, obschon sein Schüler, zu den Fremden, zu der riesigen Welt außerhalb der Stadtmauern von Arras gehörte. Selbst noch nach vielen Jahren, in denen ich immerhin zahlreiche Beweise meiner Loyalität und einer fast kindlichen Anhänglichkeit erbracht hatte, entdeckte er bei jeder Gelegenheit irgendeine Verwandtschaft mit David, oder – was schlimmer war – mit Chastell, den er von ganzer Seele haßte. Wie viele Male hatte er mir mangelnden christlichen Eifer vorgeworfen, was er den verderblichen Einflüssen Gents zur Last legte. Wie viele Male hatte er mit Bitterkeit wiederholt: »Dir, mein lieber Jean, scheint es, daß man vor allem dem Verstand Ehre erweisen muß. Und du glaubst, daß deine Genter Mentoren, mit David an der Spitze, eben das tun. Dabei geht es, allem Anschein zum Trotz, nicht um den Verstand, sondern um die Natur. Seine Denkfähigkeit übt David im Bett. Er meint, er sei stark, weil er an nichts glaubt ... Wie töricht das ist, Jean!«

Auch wenn er das nicht so geradeheraus sagte, hegte Albert doch stets den Verdacht, daß ich dem bischöflichen Hof näherstand, als das tatsächlich der Fall war. Er war der Meinung, David leihe meinen Ratschlägen sein Ohr. Dabei war ich für David nichts weiter als ein Freund und Kumpan seiner Ausschweifungen; allen ernsteren Gesprächen ging er stets geflissentlich aus dem Wege. Doch Albert irrte sich nicht, wenn er annahm, daß Gent meinem Herzen näher war als Arras, was mir übrigens auch ein bißchen schmeichelte.

Ich fühlte mich also auch diesmal wieder eingeschüchtert, als ich zu Albert ging. Allein schon die Tatsache, daß sich die Bürger der Stadt an mich um Vermittlung am Bischofshof gewandt hatten, war fatal. Und ich wunderte mich durchaus nicht, daß Albert, nachdem er meine Argumente angehört hatte, bitter sagte:

»Wenn man dich zu David geschickt hat, warum kommst du dann zu mir?«

»Vater«, sagte ich mit der sanftesten Stimme, die mir zu Gebote stand, »es ist nicht angebracht, in die hiesigen Streitigkeiten den bischöflichen Hof mit hineinzuziehen. Die Bürger der Stadt sind empört wegen der Vorfälle, die sich innerhalb der eigenen Mauern abgespielt haben, also müssen auch innerhalb der Stadt die entsprechenden Maßnahmen getroffen werden.«

Er sah mich prüfend von der Seite an, dann zuckte er unwillig und gelangweilt die Achseln, so als wolle er eine Last loswerden.

»Na ja, das klingt gescheit, ich muß es zugeben; aber in deinem Munde, Jean, sind solche Worte Heuchelei! Sollte dich der Tod dieses Juden zu einer Solidarität mit der Stadt geneigt machen, die du bislang nie empfunden hast? Unerforschlich ist Gottes Ratschluß. Plötzlich, in einem so bedrohlichen Augenblick, da sich die Möglichkeit zu einer Intervention Davids bietet und sich die Bürger unserer Stadt, die sonst eifrig darüber gewacht haben, daß niemand ihre Privilegien antastet, freiwillig um die Entscheidung des Hofes bemühen, wirst du zum Beschützer der städtischen Freiheiten und scheust davor zurück, Fremde in die Angelegenheiten unserer Stadt mit einzubeziehen? Da es endlich zum Streit zwischen mir und den Bürgern gekommen ist und sich eine so prächtige Gelegenheit bietet, mich dem Gespött preiszugeben, mich zu verhöhnen und in den Augen der Menschen, die ich immer geliebt habe, zu erniedrigen – erweist ausgerechnet du mir Verständnis, Jean? Gib acht, daß dich David nicht zur Rechenschaft zieht für diese deine Herzensschwachheit!«

Albert verstummte und näherte sich mir. Mit einem Ausdruck wachsamen Argwohns und einem Anflug von Verwunderung sah er mir in die Augen.

»Aber vielleicht weißt du gar...?« fragte er unvermittelt und faßte mich bei der Hand. »Sag ehrlich, Jean, begreifst du, worum es hier geht?«

Gott erbarm, ich hatte damals nicht die geringste Ahnung, worauf er hinauswollte! Offenbar hatte er das auch aus meinem Blick gelesen, denn er lachte höhnisch auf.

»Na ja, wie sollte dir auch so etwas in den Sinn kommen!«

Niemals hat er mich wohl so verachtet wie in dem Moment, da er gewahr wurde, daß er mich überschätzt hatte. Und mit einem Male wurde er gebieterisch, unzugänglich, bar selbst des Spottes, der bei seiner eiskalten Natur manchmal wie ein Fünkchen innerlicher Wärme wirkte.

»Denk daran, daß du vor Jahren als ein Grünschnabel nach Arras gekommen bist! Dieser Stadt verdankst du dein Wohlergehen. Sie machte dich zu einem reichen und gebildeten Mann, brachte dir Vertrauen entgegen und bedachte dich mit einem Teil Macht...«

»Vater«, unterbrach ich ihn, »alles was du der Stadt Arras zuschreibst, ist dein eigenes Verdienst!«

»Wie kommst du bloß darauf?« rief er aus. »Du weißt genau, daß keine Grenze existiert, die mich von der Stadt und die Stadt von mir trennen könnte. Ich bin sie und sie ist ich! Wenn ich etwas für dich getan habe, bist du allen Bürgern der Stadt Dank schuldig; denn sie sind es, die durch mich hier die Herrschaft ausüben. Soviel Jahre wiederhole ich dir unablässig: Wer gegen mich kämpft, tritt gegen die

Stadt auf, und wer die hiesigen Gesetze und Privilegien anzutasten trachtet, ist mein Feind. Es wäre einfach lächerlich, wollten sich gerade in der Stunde der Prüfung die Wege der hiesigen Bürger scheiden. Nur Verzweiflung und geistige Verwirrung konnten bewirken, daß sie sich mit der Bitte, David herbeizurufen, an dich wandten. Ich hab diesen Boden hier zwanzig Jahre lang bearbeitet und ich habe ihn umgepflügt. Der Bischof wird hier nicht geliebt! Er hat nichts dazu getan, um sich diese Liebe zu verdienen. Jedesmal, wenn er hierherkam, hätte man meinen können, eine Schar Räuber habe die Stadt heimgesucht. Wir leben in Arras ehrbar, ohne den Luxus und ohne die Ruchlosigkeit, die Utrecht und Gent zugrunde richten. Denn was ist mit Brabant geschehen? Allgemeine Heuchelei, Intrigen, Hader, Nichtswürdigkeit. David hält sich Schergen, die auf einen Wink hin mit den Gegnern des Hofes abrechnen. Wer hätte je Häscher in Arras gesehen? Muß man vielleicht in unserer Stadt zu Gift und Stilett greifen, um unter dem Deckmantel der Nacht seine Gegner zu ermorden? Wir hier haben eine Einigkeit erreicht, die von Gott und den Menschen offenbar gesegnet ist.«

»Herr«, sagte ich, »der Jude Celus hat sich im Rathaus erhängt!«

»Ich weiß ... Der arme Jud! Anscheinend war es der Wille Gottes, ihn zum Opfer zu machen. Denk dran, Jean, daß nichts geschehen ist, was unsere Stadt belasten könnte. Der Rat hatte noch kein Urteil gesprochen. Celus hat sich vielmehr aus freien Stücken des Lebens beraubt. Merkst du denn gar nicht, wie feurig und edel sich die Gefühle der hiesigen Bürger regen, die betrübt sind und Schmerz empfinden über den Tod dieses Unglücklichen? Stell dir dergleichen in Gent oder Utrecht vor! Absurd! Wen kümmert dort eine einzige jüdische Leiche? Während hier die Menschen nach Entsühnung verlangen. Und sie werden ihre Entsühnung bekommen! Ich möchte, daß du endlich begreifst, wie unwürdig und dumm das Vorhaben ist, sich auf Davids Vernunft zu verlassen. Du bist der Stadt Arras nicht nur Dankbarkeit schuldig, sondern auch Verbundenheit in schweren Zeiten.«

»Das eben waren meine Gedanken«, entgegnete ich ruhig. »Und darum bin ich zu dir gekommen, Vater, obwohl die Bürger meine Reise nach Gent gefordert haben.«

Hier lachte Albert erneut bitter auf und sprach:

»Jean! Ich kenne dich seit vielen Jahren! Und immer habe ich auf deine Loyalität gebaut. Geh zu den Leuten und sag ihnen, daß es unwürdig wäre, am bischöflichen Hof Unterstützung zu suchen. Wir selber sind die Herren von Arras, und allein in unseren Händen liegt das Los unserer Stadt.«

»Wäre es nicht angemessener, wenn du sie selber davon in Kenntnis setztest?«

»Nein, teurer Schüler! Niemals habe ich vor den Bürgern meine Gefühle verheimlicht, die ich für David hege. Darum auch könnte man meinen Entscheid meinem Widerwillen und Mißtrauen gegen ihn zuschreiben... Sind sie nicht zu dir mit der Bitte um Vermittlung gekommen? Wer könnte ein besserer Gesandter von Arras an den Hof in Utrecht sein? Es ist eine gute, vernünftige Sache, wenn du ihnen erklärst, warum du die dir übertragene Mission ausschlägst.«

»Du hast recht, Vater«, erwiderte ich.

Im Namen des Vaters und des Sohnes und des Heiligen Geistes. Amen. Meine Herren! Nur teilweise fühle ich mich schuldig an dem, was Gott über die Stadt Arras gebracht hat. Ich war sein Werkzeug und habe seiner Gerechtigkeit vertraut. Erlaubt jedoch, daß ich jetzt die jüngste Vergangenheit zum Zeugnis aufrufe – jene schrecklichen Tage vor drei Jahren, da Hunger und Pest unsere Stadt heimsuchten. Ich meine, daß man eben dort die Ursachen zu finden trachten muß, derentwegen ich Alberts Argumente als recht und billig anerkannte.

Mit dem Frühling jenes Jahres begann das Vieh zu verrecken. Anfangs lag darin nichts Außergewöhnliches. Stets geschieht es, daß nach einem strengen Winter ein gewisser Prozentsatz des Viehs abmagert, die Freßlust einbüßt und ohne erkennbaren Grund verendet. Jedoch in dem besagten Frühling gab, wie ihr euch erinnern werdet, auch so mancher Hirt seinen Geist auf. Wir zogen in Prozessionen zur Stadt hinaus. Die Glocken wurden geläutet. Es folgten kühle Regentage, und dann hellte sich ganz plötzlich der Himmel auf, die Sonne stach, und innerhalb der Mauern von Arras wimmelte es auf einmal von zahllosem Ungeziefer. Aus den ursprünglich sumpfigen Wiesen, die ganz unerwartet austrockneten, kroch das Geschmeiß in die Stadt. Niemals zuvor war dergleichen geschehen. Nebelschwaden hüllten die Stadt ein, morgens und abends konnte man keine Handweit sehen. Bei Tag brannte heftig die Sonne, und in den Nächten herrschte klirrende Kälte. Menschen begannen zu sterben. Erst einer, dann zwei und dann zehn. Ihre Leiber zersetzten sich überaus rasch; sie waren schwärzlich und aufgedunsen. Gestank verschlug denen den Atem, die den Toten den letzten Dienst erwiesen. Etwa gleichzeitig brachen Feuersbrünste aus. Sie verzehrten eine

Menge menschlicher Habe, vor allem aber die Lebensmittelvorräte, die man während der Erntezeit zusammengetragen hatte. Zu jener Zeit traf Fürst David in der Stadt Arras ein. Bei der Begrüßung vor den Toren sagte ich – neben anderem – zu ihm, daß es nicht viel Mächtige auf dieser Erde gebe, die einen ähnlichen Mut aufbrächten. Wenn die Pest ausbricht, fliehen für gewöhnlich die Ehrwürdigen, soweit der Himmel blau ist, und lassen ihr gesamtes Vermögen dem gemeinen Volk zum Raub. In solchen Momenten zeigt sich am deutlichsten, wie wenig irdisches Gut angesichts einer tödlichen, von Gott gesandten Bedrohung wert ist. David bewies also eine seltene Herzensstärke, wenn er in das von der Pest heimgesuchte Arras kam. Er ritt mit prächtigem Gefolge in die Stadt ein. Vor ihm her trug man einen Reliquienschrein mit einem Tropfen Blut des heiligen Ägidius, den die Bischöfe von Utrecht einst von den Grafen von Saint Gilles zum Geschenk erhalten hatten.

Doch dieser Einzug, der die Herzen aller Bürger der Stadt gestärkt hatte, kehrte sich rasch gegen den Fürsten. David begann ein strenges Regiment zu führen. Ich behaupte durchaus nicht, daß er die Absicht gehabt habe, die Stadt Arras ins Verderben zu stürzen, aber viele glaubten eben gerade das. Bei Todesstrafe befahl er, jegliche Nahrungsmittel zu verbrennen, die die Hände von Pestkranken berührt hatten. Als man ihm darlegte, daß das doch Wahnsinn sei – denn was hatte das für einen Zweck, die Stadt ihrer bescheidenen Vorräte zu entblößen –, erklärte er, daß er seinen Hofärzten mehr vertraue. Schon damals umgab ihn ständig diese Meute von Schmarotzern und Wichtigtuern, die ihm quer und längs durch Brabant folgten und seinen großen Geist mit Schwindeleien vergifteten. Doch was weit schlimmer war – beim Verlassen unserer Stadt, nach den

Tagen seines strengen Regimentes, befahl er auch noch, die Stadttore zu schließen, und ließ Wachen entlang der Mauern aufziehen.

»Du überantwortest uns dem sicheren Untergang!« riefen die Mitglieder des Rates.

»Betet«, antwortete der Bischof.

Um die Wahrheit zu sagen, er ließ uns nicht im Elend. Tag für Tag näherten sich üppig beladene Wagen den Toren von Arras. Jeden Morgen hörte man die Räder knirschen und die Fuhrleute schreien. Das Volk versammelte sich auf den Mauern, während die Sendboten des Bischofs die Wagen entluden. Gleich darauf fuhren sie wieder ab, Peitsche knallend und Gebete flüsternd, und die Bischofswache erlaubte uns, die Tore zu öffnen, um den Proviant in die Stadt hereinzuholen. Man teilte ihn gerecht auf, wobei sich Herr de Saxe, ein Mann von großer Rechtschaffenheit und unerschütterlichem Charakter, einen nicht geringen Verdienst erwarb. Doch was hatte das schon zu besagen, wenn der Pesttod noch immer reiche Ernte hielt und sich der Hunger allen immer nackter zu erkennen gab! Es folgten Tage voller Verzweiflung. Bei der Kunde von unserem Unglück strömten von allen Seiten die Plünderer, bewaffnete Banden, gewissenlose Subjekte, in Richtung Arras. Auf den waldigen Höhen ringsum legten sie sich in den Hinterhalt, um in den Nächten den bischöflichen Fuhrwerken aufzulauern und sie auszurauben. David vergrößerte den Geleitschutz, aber auch das ohne Resultat. Die leichte Beute entflammte die Phantasie aller Strolche aus dem ganzen Herzogtum. Unverhohlen fluteten sie aus den entlegensten Winkeln heran, um vor den Mauern der untergehenden Stadt ihr Schäfchen ins trockene zu bringen. Es kam vor, daß sich drei Tage lang direkt vor unseren Augen –

denn wir schauten auf dies alles von den Mauerzinnen herab – die Raubzüge abspielten. David zahlte den Fuhrleuten mit Gold und kostbaren Steinen, aber es gab wenig Wagemutige, die bereit waren, in den Tod zu gehen. Bei uns nahm inzwischen der Hunger gewaltige Ausmaße an. Man mußte auf dem Friedhof Wachen aufstellen, denn es fanden sich solche, die alle Scham und alles Christentum fallenließen und sich über die frischen Gräber hermachten und mitten im Leichengestank Festmahl hielten. Uns erreichten Gerüchte, daß eine Frau ihr neugeborenes Kind erstickt, es in Salzwasser gekocht und aufgegessen, den zurückgebliebenen Absud aber ihren übrigen Kindern gegeben habe. Vor den Rat gebracht, bekannte sie sich zu ihrer Tat.

Das war der Tag, da die Stimmung gegen David ihren Höhepunkt erreichte. Die Bürger verwünschten seinen Entscheid. »David hat uns lebendig begraben«, ertönte das Geschrei rings um das Rathaus. Die Leute verlangten eine strenge Bestrafung jener entarteten Mutter, waren jedoch der Meinung, daß die Sünde auf das Haupt des Bischofs falle. Ich teilte damals die Ansicht, was ich ohne Scheu bekenne ... Wir hielten Rat über die Frau.

»Bürde ihr Leiden auf!« verlangten die Bürger von Albert.

Albert schwieg lange. Dann sagte er: »Ich werde ihr keine Leiden auferlegen. Mag Gott ihre Tat richten.«

Man beschloß also, die Frau am darauffolgenden Tag köpfen zu lassen, auch wenn die Stadt gefordert hatte, daß man sie der Folter unterziehe.

Auf dem Marktplatz war eine riesige Menschenmenge versammelt. In dieser hungrigen Schar war allein die Verurteilte satt. Der Meister bestieg, das Schwert in der Hand, das Gerüst. Knechte schleppten die Frau herbei. Sie betete demütig und mit ihrem Schicksal ausgesöhnt. Wir warteten auf die der gespenstischen Situation angemessene Zeremonie. Doch Albert blieb stumm. Er hatte den Kopf hoch aufgereckt und starrte unverwandt in den Himmel. Ein bißchen sonderbar war das schon. Die Zeit verstrich. Ungeduldig blickte der Henker zu Albert. Das Volk begann zu murren, Erregung bemächtigte sich aller Gemüter.

»Na, worauf wartest du, Vater?« rief plötzlich jemand aus der Menge. »Erteile ihr schon die Absolution!«

Albert schwieg und schaute unablässig zum Himmel empor, als erwarte er von dort ein Zeichen. Ich trete zu ihm und sage leise: »Es ist Zeit anzufangen, Vater.«

»Sollen sie anfangen«, brummte Albert.

Ich sehe, wie ihm ein Augenlid zuckt, ein Zeichen, daß er sich ärgert.

»Wie das?« sage ich. »Du mußt ihr doch für ihren letzten Weg die Absolution erteilen.«

»Nein«, antwortet Albert. »Gib dem Meister Bescheid, er soll ihr den Kopf abschlagen!«

»Vater!« rufe ich. »Das werde ich nicht tun! Ohne Sterbesakramente darf man kein Urteil vollstrecken.«

»Ich habe diesem Weib Gnade erwiesen«, sagte Albert. »Man wollte sie mit Feuer brennen, in Teer wälzen ... Die Grausamen! Ich habe vor Gericht in aller Deutlichkeit gesagt, daß es ohne Leiden abgehen und Gott über das Los dieser Unglücklichen entscheiden soll. Befiehl dem Meister, seine Schuldigkeit zu tun!«

Wir hatten leise gesprochen, aber die Umstehenden hatten verstanden, worum es ging. Ein Sturmwind des Grauens wehte durch die Menge. Rufe ertönten, dann folgte lautes Schluchzen. Das Volk fiel um das Schafott herum auf die Knie; alle beteten und riefen Albert an, er solle doch dieser

Unglückseligen christliche Barmherzigkeit bezeigen. Die Frau selber verstand erst viel später, was da vor sich ging.

»Vater!« kreischte sie in höchster Verzweiflung. »Erbarmen! Sollen sie mich lebendig verbrennen, mit Pferden zerreißen, aber versagt mir nicht diesen letzten Trost... Ich habe gefehlt, das ist wahr! Aber räche dich nicht so grausam...«

Farias de Saxe stürzte zu Albert und packte ihn am Arm.

»Fordere Gott nicht heraus, Alter!« schrie er zornig. »Gib dieser Unglücklichen die Sterbesakramente, wenn dir dein Leben lieb ist...« – Albert blickte auf de Saxe wie auf einen Wurm, der sich zu seinen Füßen krümmt.

»Belehrt mich nicht in Fragen der Tugend und der Sünde, Graf; Ihr seid nicht würdig, mein Lehrer zu sein. Und versucht nicht, mich mit dem Tode zu schrecken; denn den fürchte ich nicht. Noch ein Wort und ich lasse dich von den Knechten ergreifen und am nächsten trokkenen Ast aufhängen.«

Farias de Saxe biß sich auf die Lippen und bemerkte ruhig:

»Vater Albert, du maßt dir das Recht an, Gott zu vertreten. Ohne Absolution muß diese Arme auf Ewigkeit in die Hölle.«

»Muß?« sagte Albert und lächelte ironisch. »Und warum muß sie? Denkst du, ich hab mit Gott einen Vertrag geschlossen, daß er es nicht wagt, meine Beschlüsse zu ändern? Für wen hältst du Gott, de Saxe? Er ist kein Genter Krämer, du Narr! Von seinem Willen hängt es ab, ob die Seele dieser Frau in die Hölle hinabstürzt oder ob sie an seiner Seite, zwischen den Engeln, einen Platz findet. Und du armseliger Wurm denkst, daß zwischen

Gott und mir ein Kontrakt besteht, daß man sich mit ihm in einen Handel einlassen kann?«

»Vater!« flüsterte de Saxe. »Versage dieser Frau nicht...«

»Du winselst, Schwachkopf! Ihr seid alle gleich... Diese ganze Herde da, einer wie der andere. Was denn, ihr glaubt, sie wird, wenn ich ihr die Sterbesakramente verweigere, zu ewiger Verdammnis verurteilt?«

»Vater«, sage ich ruhig – obwohl Wut und Angst mir schier die Luft abdrücken, spürte ich doch, daß ich da mit düsteren, unerforschlichen Dingen in Berührung kam –, »das Priesteramt gibt dir die Macht, in Gottes Namen zu handeln. Gott hat dir einen Teil seines Willens übertragen, in seinem Namen spendest du die Sündenvergebung.«

Albert lachte leise in sich hinein, sein grauer Bart zitterte auf der Brust.

»Einfaltspinsel!« knurrte er. »Freilich bin ich ein göttlicher Diener, aber wo steht geschrieben, daß der Herr seinen Knechten Treue schuldet? In euren Köpfen spukt umher, daß ich Gott mit meinen Entscheidungen, welcher Art auch immer sie seien, die Hände binde! Er ist schließlich allmächtig und allwissend. Vor Tausenden von Jahren hat er bereits darüber entschieden, was heute geschehen soll... Hebe dich hinweg, Jean, und auch du, Graf de Saxe. Der Meister möge endlich dieser Frau den Kopf abschlagen!«

Was sollte ich machen! Ich ging zu dem Henker und sagte:

»Tu deine Pflicht!«

Er sah mich aufmerksam an. In den Kapuzenschlitzen blitzten unstet die Augen. »Sünde!« murmelte er.

»Urteil nicht für andere!« erwiderte ich hart.

Und es fiel der Kopf jener Frau... Die riesige Menschenmenge weinte, und einige meinten, daß Gott die Stadt Arras für diese grauenvolle Tat strafen würde.

Nach diesem Ereignis schlug die Stimmung um. Man verwünschte jetzt nicht mehr David, sondern Albert. David im übrigen erwies sich als gnädig gegenüber der Stadt. Geraume Zeit nach jenem Vorkommnis vergab er der Hingerichteten ihre Sünden und erlöste sie damit aus der Hölle. Ich erinnere mich noch genau der Nacht, als Albert vom bischöflichen Beschluß erfuhr.

»Da haben wir David, wie er leibt und lebt!« rief er aus. »Der engste Busenfreund des Herrgotts! Ich sehe schon, was da im Himmel losgeht: Sie melden Gott, daß der Bischof von Utrecht jenem Weib die Sünden nachgelassen hat. Ein Gelaufe durch die himmlischen Gemächer, lärmendes Getümmel und allgemeine Besorgnis. Der Herrgott untröstlich. ›Was für eine Fahrlässigkeit habe ich da begangen!‹ sagt er. ›Jetzt ist der Bischof von Utrecht vielleicht gar unzufrieden? Holt mir nur so rasch wie möglich dieses Weib aus der Hölle und überführt es ins Fegefeuer!‹ Und so tun das ein paar extra dazu bestellte Engel, und einer eilt nach Gent mit der demütigen Meldung, daß geschehen sei, wie der Herr Bischof zu entscheiden geruht habe. Aber was denn? Der Engel muß warten, weil Seine Herrlichkeit gerade mit einem Gastmahl oder mit einer Buhlerin beschäftigt ist ... Dummköpfe, Dummköpfe, Dummköpfe! Sie bilden sich ein, Gott sei ihr Treuhänder oder Teilhaber oder eine streitende Partei. Aber haben sie ihn gesehen? Haben sie irgendwann einmal mit ihm gesprochen?«

»Vater Albert«, erwiderte ich darauf, »es existieren gewisse Ordnungsprinzipien für unser Leben und unsere Erlösung. In der Macht des Bischofs steht es, im Namen Gottes zu handeln, und obschon es schwerfällt, hier eine

Übereinkunft zu vermuten, so darf doch wohl angenommen werden, daß die Himmel von geistlichen Personen gewisse Entscheidungen verlangen, die mit den Lehren der Kirche in Einklang stehen ...«

»Die Lehre der Kirche stammt nur zu einem Teil von Gott, zum anderen Teil ist sie Menschenwerk«, unterbrach mich Albert.

»Das ist schon wahr, Vater. Aber man darf doch nicht vergessen, daß ohne die besondere Gnade der Offenbarung die Kirche gar keine Gesetze aufzustellen vermöchte ...«

»Das ist etwas ganz anderes«, murmelte Albert. »Aber ich will nicht in diesem Maße mit dir meine Gedanken teilen.«

Ehrlich gesagt, er hat damals wie ein Häretiker gesprochen. Aber sei's, wie's sei, er gehörte eben zu denjenigen, denen das Privileg verliehen war, dicht an der Häresiegrenze entlang zu balancieren. Allzu vertrauten Umgang pflegte er mit Gott, als daß nicht gewisse Zweifel in ihm hätten aufkeimen dürfen.

Ich kehre zum Ausgangspunkt meiner Erzählung zurück. Also – in der Stadt wütete die Pest. Die Tore waren fest verschlossen, jenseits der Mauern patrouillierten die Wachen, und wer sich mit der Absicht trug, in die Welt hinaus zu fliehen, bildete für sie ein leichtes Ziel. Die Bürger waren ungemein aufgebracht. Sie spürten ihre Verlassenheit und ihr Unglück um so härter, als sie sich in den Menschen getäuscht sahen, denen sie so lange vertraut hatten. Fürst David hatte sie mit einem undurchdringlichen Kordon umgeben, und obwohl er versuchte, das Los der Stadt durch Proviantzuteilungen zu erleichtern, untergruben doch die Räuberbanden seine guten Vorsätze. Albert aber hatte die

Stadt verraten, als er der unglückseligen Kindesmörderin den Akt christlicher Barmherzigkeit verweigerte. So also sahen sich die Bürger von Arras auf dem Grunde ihrer Existenz angelangt. Empörung und Lästerung griffen um sich, weil die Menschen zu dem Schluß gekommen waren, daß Gott selbst ihrer spotte. Vor hundert Jahren wären solche Stimmungen wohl nicht möglich gewesen. Damals war die Welt noch überaus fromm und den himmlischen Urteilssprüchen willfährig. Aber heute! Immer häufiger wird davon gesprochen, daß die Welt rund sei wie ein Apfel und auf einem Fleck stehe. Man sagt auch, daß der menschliche Körper eine Menge Ähnlichkeit mit dem eines Hundes, einer Katze und sogar mit dem Körper eines Schweines habe. Mannigfaltige Nachrichten erregen bis aufs äußerste die Gemüter, und Zweifel schleichen sich in so manch eine Seele ein. Die Welt durchlebt eine Wandlung, deren Grenzen fließend und nicht fixierbar sind. Wäre es vor hundert Jahren etwa vorstellbar gewesen, daß Menschen sich auf den Friedhöfen versammelten und sich merkwürdigen, frommen Ritualen, die den Tod preisen, hingaben? In den Zeiten unserer Vorfahren war der Tod der Tod, und niemanden setzte das augenscheinliche Faktum in Erstaunen, daß unsere Leiber verfaulen, dann austrocknen und schließlich zu Staub zerfallen. Bedenkt, daß heute die Menschen tief davon betroffen sind und angesichts des Todes Angst alle Christenherzen erfüllt. Ein Zweifeln liegt darin, eine Unschlüssigkeit, so als hätte unser Hirn den Gedanken geboren, daß mit dem letzten Atemhauch alles zu Ende sei, daß wir sterbend ins Nichts, in die Finsternis, ins Nichtsein eingehen, dorthin, wo nicht einmal mehr das Bewußtsein von jener allesumfassenden Leere (und folglich die Leere selbst nicht mehr) existiert, wo nichts mehr ist, nichts ...

Im Namen des Vaters und des Sohnes und des Heiligen Geistes. Amen. Was kann ein Menschenwesen Schlimmeres treffen als der quälende Gedanke, daß Gott unendliche Finsternis sei... Um sich davon zu befreien, strömen die Geißler auf den Straßen zusammen; sich Schmerzen zufügend, blutüberströmt flehen sie Gott an, ihr Licht und ihre Existenz zu sein. Unsere Frömmigkeit ist düster und schreierisch, anders als zu Zeiten des heiligen Franziskus, der die Menschen lehrte, daß sie sich an Sonne, Blumen und dem Hauch des Windes erfreuen sollten. Wer empfindet heute schon, wenn er zum Himmel aufschaut, Freude über den Glanz der Sterne oder über die Wolkengebilde? Wer empfindet Wohlgefallen an einer blühenden Wiese? Wer endlich verspürt den freundlichen Schauer beim Umgang mit einem göttlichen Werk, etwa wenn er die Rinde eines Baumes berührt? Im brenzlichen Gestank knisternder Fakkeln, eingehüllt in Weihrauchschwaden, angesichts des Allmächtigen, der auf den Altären wacht, schlagen wir die Stirnen aufs Pflaster unserer Gotteshäuser. Wir schreien unsere Sünden heraus, weil wir meinen, daß wir uns mit dem Benennen unserer Taten von ihrer Last befreien. Mag sein, daß ich sehr irre, aber ich denke, daß wir aufs Ende zusteuern. Nicht mehr fern ist die Stunde, da die Welt untergeht und Gott uns alle in sich aufsaugt, um einsam fortzudauern, inmitten des eigenen Seins. Fürwahr, ein erschreckender Gedanke, auch wenn er eigentlich jedes christliche Herz mit Freude erfüllen sollte.

Also, wie ich bereits gesagt habe, die Stadt Arras litt. Jenes bedauernswerte Weib, das auf Befehl des Rates enthauptet wurde, war damals nicht die einzige Verbrecherin. Ähnliche Frevel mehrten sich. Die Menschen hörten auf, die

Hölle und die ausgeklügeltsten Torturen zu fürchten, wenn sie nur ihren Hunger stillen konnten. Das Bestialische gewann die Oberhand über die Menschennatur. Man öffnete die Gräber der Verstorbenen und ergab sich dem grauenvollsten Kannibalismus. Es ereigneten sich Fälle, daß Familienangehörige einen Sterbenden erschlugen, um sich mit frischem, von Fäulnisgestank freiem Fleisch zu sättigen. Wie stets, wenn die Menschen das Ende aller Dinge voraussehen, wurde die Stadt von den zügellosesten Lastern erfaßt. Musterhafte, tugendsame Frauen führten sich wie Dirnen auf. Man konnte Szenen unbeschreiblicher Obszönität beobachten, die sich unter freiem Himmel, ja selbst vor Kirchenportalen abspielten. Unserer armen Sprache ist es versagt, jene Scheußlichkeiten und Greuel wiederzugeben. Als die Tochter eines gewissen Adligen ihre Gesundheit einbüßte, kroch dieser, von Lachen und Weinen geschüttelt, auf sie, wobei er ausrief, daß sie nicht aus dieser Welt gehen solle, ohne die Annehmlichkeit des Umgangs mit dem männlichen Geschlecht gekostet zu haben. »Denn so grausam kann doch Gott nicht zu meinem Kinde sein ...«

Eine schwere Zeit war für die Stadt angebrochen. Das Furchtbarste aber schien das Bewußtsein, daß von nirgends Hilfe zu erwarten war. Die Menschen fühlten sich als lebendige Tote, nur dem eigenen Unternehmungssinn überantwortet und den eigenen Kräften, die sie – ehrlich gesagt – aus allen Bindungen, wie sie die Welt für gewöhnlich auferlegt, befreiten. Da sie derart vereinsamt waren, derart verlassen von allen weltlichen und geistlichen Herrschern, so völlig verurteilt, kamen sie auf die Idee, daß alles, was zuvor mit ihrer Welt verbunden gewesen war, nunmehr jeglichen Wertes beraubt sei. In der Stunde bitterer Erfahrung, von Pest und Hunger geschlagen, sahen sie sich auf einer menschenleeren Insel, allseits umgeben von einem fühllosen, gleichgültigen und unüberquerbaren Meer. Aber nicht nur das beeinflußte ihre Phantasie. Angesichts des Unglücks waren mit einemmal alle einander gleich, und die geheiligten Rechte lagen in Trümmern. Ohne Unterschied starben Handwerker, Herren, Priester, Männer und Frauen, Greise und Kinder. Der Tod, der auf seinem schwarzen Roß Einzug in die Stadt gehalten hatte, klopfte an alle Türen, ohne der Art des Hauswesens Beachtung zu schenken. Die widerlichen Ratten, die am hellichten Tage, unter sengendem Himmel, rudelweise die Stadt heimsuchten, stürzten sich mit dem gleichen Appetit auf Herren- und Plebejerfleisch. Farias de Saxe, dessen Stolz größer war als sein Lebenswille, wachte genau darüber, daß die kärglichen Rationen gleichmäßig auf die hungrigen Mäuler verteilt wurden.

Nun, wie schon erwähnt, es herrschte eine zunächst seltsam anmutende Gleichheit, die nicht ohne Wildheit und Raserei war... Einmal riß irgend jemand die Menge mit sich fort zum Kloster der Dominikaner, wo man seit Jahrhunderten gelehrte Bücher sammelte. Ohne zu wissen warum, häuften die dort Zusammengeströmten die Pergamente zu Bergen und zündeten sie an, und als die Flammen emporschossen, faßten sie sich bei den Händen und tanzten in Rauch und Feuerschein bis spät in die Nacht. Alles, was sich nicht essen ließ, wurde vernichtet. Eine Zeit neuer Wertmaßstäbe brach an für die Stadt, und bei Gott, es konnte scheinen, daß die Menschen bei all ihrem Unglück und ihrer Verbitterung freier atmeten! Beinah alle empfanden mit einemmal ihr früheres Leben als mit einer Vielzahl überflüssiger Wunderlichkeiten und Hirngespinsten belastet. Man sagte nicht: Wozu jetzt Bücher und Wissenschaft?, sondern: Wozu überhaupt Bücher und Wissenschaft, wenn sich gegen unseren Willen die Zeit erfüllt und wir aus dieser Welt fortmüssen, ohne Freude, ohne Wonnen, ja, ohne auch nur wirkliches Unglück kennengelernt zu haben? Und da man erst einmal prinzipiell zweifelte, stellten sich auch rasch die Zweifel an Gott ein. Mit jedem Tag wurde er weniger notwendig; er war ja nicht präsent, war aus Arras fortgegangen und hatte die Stadt den ausgehungerten Bürgern zum Raub überlassen. Und da bekamen auf einmal unsere sterbenden, hungerverzehrten, von der Pest bis aufs Mark ausgebrannten Leiber den höchsten Wert. Mit Zärtlichkeit betrachteten die Menschen ihre Gesichter, Arme, Bäuche. Nichts als der Körper war von Wichtigkeit, und nichts verdiente mehr Liebe. Es kam vor, daß diejenigen, die dicker waren als andere, eine seltsame Wollust überkam und daß sie sich einer Wertschätzung erfreuten, die fast einer Ehrung gleichkam. Doch das währte nicht lange; denn es waren eben die Fettwanstigen, die dann als erste unters Messer kamen ... Vom Altar gestoßen, wanderten sie auf die Tische. Es begann die Tyrannei der Mageren und Sehnigen. Furchtbarer Terror brach aus, und die Rohheit erreichte ihren Gipfel.

Wie komisch ist doch die menschliche Natur! Als man jene Frau verurteilte, dünkte allen, daß Arras die tiefsten Tiefen seines Unglücks und Elends erreicht habe. Kurze Zeit später erinnerten sich die Menschen an den Prozeß der Kindesmörderin als an ein Zeugnis für eine längst dahingeschwundene Idylle. Eine Stadt, in der Gerichte tätig sind, in der Gesetze entscheiden, in der Urteile vollstreckt werden, ist keine von Gott verlassene Stadt. In Arras, wo, wie man später errechnete, jeder dritte von Pest oder Hunger dahingerafft wurde, gab es nichts Göttliches mehr. Wir blieben allein mit unserem Menschsein, unseren Leibern, mit unserer Vorstellungskraft, die lediglich vom Magen genährt wurde.

Eine Art grausiger Befreiung lag darin. Denn bislang hatte ja jeden, wer immer er war, auf Schritt und Tritt die allmächtige Hierarchie begleitet. Unmöglich zu leugnen, daß die Hierarchie ein Segen ist, aber auch unmöglich zu leugnen, daß sie zugleich ein Joch darstellt. Ach, ich vertrete durchaus nicht die Ansicht, daß jemand, der als Ackersmann auf die Welt gekommen ist, darunter leidet, daß er ein Ackersmann ist – oder daß er jemand anderes sein möchte. So eine fixe Idee kann nur einem sehr beschränkten Geist entspringen. Es ist doch wohl klar, daß ein Ackersmann eben ein Ackersmann und folglich alles an ihm ackermännisch ist; jeder Teil seines Körpers ist der eines Ackersmannes, und so ein Mensch müßte schon aus sich herausgehen, außerhalb seiner Seinsweise zu stehen kommen, wenn er die eigene Bäuerlichkeit sehen wollte, wie ich sie sehe. Genauso steht es mit mir! Alles an mir ist Herrenwesen, und ich atme wie ein Herr, im Einklang mit der Vorherbestimmung meines irdischen Aufenthaltes. Und ich weiß nicht, wie ein Handwerker denkt, denn ich bin keiner, und selbst wenn ich es vermöchte, auf seine Weise den Verstand zu gebrauchen, so bleibt das doch immer die Urteilskraft eines Herren. Ich behaupte daher nicht, daß in jenen schaurigen Tagen des Hungers und der Seuche der Bauer sich seinem Herrn gleich fühlte! Es waren vielmehr die Herren, von denen er Schutz und Rettung erwartete. Als er dann einsehen mußte, daß selbst die Höchstgeborenen machtlos waren, wußte er, daß er verloren war. Und gerade die Machtlosigkeit derer, die höher gestellt schienen als er, war es, die ihn zunächst in Verzweiflung und Hoffnungslosigkeit stürzte, doch allmählich zum Quell einer eigenartigen Kraft wurde. Sofern der Schutz der Mächtigen den Erfordernissen des Augenblicks nicht mehr gerecht wurde, verlor dieser seinen Wert. Der verwaiste Ackersmann wurde dadurch selbständig. Ähnlich erging es den Herren, die anfangs zu Rat und Kirche hinschielten und dabei erkennen mußten, daß sie von Rat und Kirche verlassen waren. Jeder von uns hatte sich sein Leben lang gehorsam gegenüber Höherstehenden gezeigt, und als plötzlich Hunger und Pest die Leiter der Hierarchie in den Dreck unserer gemeinsamen Hilflosigkeit stießen, entdeckten wir von neuem – ein jeder ohne Ausnahme – die Separation von der Welt. Wir waren verwaiste Verurteilte, aber wir waren jenseits aller Willfährigkeit, außer gegen uns selbst. Eine entsetzliche Einsamkeit hatte sich unser bemächtigt, doch lag in ihr zugleich etwas Großartiges. Bisher verharrten wir alle ausnahmslos – lebend oder sterbend – in einem Zustand der Unterwürfigkeit. Ich zweifle nicht daran, daß das ein süßer und Sicherheit gewährender Zustand ist. Wenn wir ihn erfahren, unternehmen wir alle Anstrengungen, um anderen zu imponieren, all denen nämlich, die höher oder niedriger als wir selber stehen. Unterwürfigkeit, Willfährigkeit, macht den Reiz unserer Existenz aus. Als Gegenleistung empfangen wir Schutz und Friede, mit einem Wort: die Willfährigkeit gestattet uns die Freude am Leben. Ohne sie läßt uns das Schicksal zur Beute unserer Vereinzelung werden. Und so sagten sich die Bürger von Arras in der Stunde des Verendens, unter schrecklicher Qual und mit Sinnenlust gepaarter Verzweiflung, im Flüsterton: »Ich bin der Menschensohn! Ich bin der Menschensohn, und nichts und niemand steht darüber!«

Das war eine unerträgliche Last, und wohl darum stürzten wir in die tiefen Schlünde hinab.

Aber unsere Hirne arbeiteten präzis, soweit das bei so grausam ausgehungerten Menschen möglich ist. Die einen hatten Gesichte und führten Gespräche mit ihren himmlischen Patronen. Man konnte ehemals skeptische Herren beobachten, die gewöhnt waren an feinsinnige Disputationen über die menschliche Natur, wie sie mit jemand Unsichtbarem plaudernd durch die Straßen von Arras spazierten. Dabei wahrten jene Herren, die da disputierten, ein sehr höfisches Gebaren, lächelten und verneigten sich vor ihrem Gesprächspartner, der geradewegs vom Himmel gekommen war. Nichts von mystischer Ekstase, von Fieber oder Krankhaftigkeit lag darin. Diese Menschen blieben sie selber in Wort und Gestik; vielmehr trat eine zweite Person aus ihnen heraus, ein Lebensgefährte, der, bisher gefesselt und schweigend, jetzt, in der furchtbarsten Stunde, ihnen gleich wurde und den sie auf dem Weg in den Tod an ihrer Seite gehen ließen. Auch geschah es nicht selten, daß Mönche, die lange Jahre mit Gebeten, Fasten und Büßen verbracht hatten, aus ihren düsteren Klosterzellen ans Tageslicht krochen, sich Ausschweifungen mit Frauen hingaben und aus voller Kehle Gott lästerten. Und was vielleicht das Merkwürdigste daran ist: Jeder Bürger in Arras hielt damals eine gescheite Erklärung für die eigene Metamorphose bereit. Ich glaube, nie zuvor hat der Verstand derartige Triumphe gefeiert wie in jenen Tagen des allgemeinen Wertverfalls. Sowohl für moralische Größe als auch für Unrecht jeder Art lassen sich Rechtfertigungen finden. Bezeichnend ist, daß die Präzision dieser Rechtfertigungen die einen mehr, die anderen weniger gleichmachte. Und dieses Faktum wiederum gab unserem Leben in Arras das

Maß zurück. Es hatte sich nämlich gezeigt, daß es nicht angeht, ohne bestimmte Wertmaßstäbe nur für den Magen, im Magen, durch den Magen zu leben ... Zwar stellt der Magen eine mächtige, jedoch keine zufriedenstellende Größe dar. Daß alle ohne Ausnahme essen wollten, bedeutete noch nicht, daß alle ohne Ausnahme schlecht, gut, edel oder gemein waren. Und so begann sich allmählich unter den ausgemergelten, verzweifelten Gespenstern eine neue Hierarchie herauszubilden. Die einen lehrten, die anderen waren ihre Schüler. Und es war durchaus nicht wichtig, was den Gegenstand jener Belehrungen ausmachte, sondern wichtig war nur die Tatsache einer neuen Willfährigkeit, neuer Bindungen, die es den Menschen ermöglichten, die Last der drohenden Vernichtung leichter zu ertragen.

Das alles ist vor kaum drei Jahren geschehen ... Wie kann man sich da über die Handlungen der Bürger von Arras vom letzten Herbst wundern?

Als alles verloren und es keine Hoffnung mehr für uns zu geben schien, erlosch urplötzlich die Pest. Hatte Gott eingesehen, daß wir die Hölle durchlebt hatten? Zunächst merkten die Menschen überhaupt nicht, daß sich ihr Geschick gewendet hatte. Von Tag zu Tag gab es weniger Tote, und um unser Glück vollzumachen, blieben die Räuberbanden aus, und von neuem knirschten allmorgendlich die bischöflichen Proviantfuhren über den Sand. Es war wie ein Spuk. Unsere Sattheit und Gesundheit drangen gar nicht in unser Bewußtsein. Noch immer spielten sich lästerliche und geile Szenen ab, aber nach und nach erloschen die Leidenschaften, und damit begann in Arras eine unbeschreibliche Scham aufzukeimen. Diejenigen, die Dispute mit den heiligen Patronen geführt hatten, höhnten jetzt die Himmel, und die, die Drohungen gegen Gott ausgestoßen hatten, peitschten sich vor den Kirchenportalen. Farias de Saxe teilte keine Lebensmittel mehr aus; sie waren wieder in Hülle und Fülle vorhanden. Und wie ehedem gab sich das einfache Volk mit dem Schlechteren zufrieden, während die Herren das Bessere für sich in Anspruch nahmen. Und wie früher lehnte sich niemand dagegen auf! Langsam kam alles wieder ins rechte Lot, auch wenn das zurückgewonnene Gleichgewicht schwankend und fade blieb, weil gewisse Erfahrungen im Gedächtnis der Menschen Wurzeln geschlagen hatten, und wenn auch alle demütig für die Errettung dankten, konnte man sich des Lebens dennoch nicht wie in alten Tagen freuen. Auch wenn sie Schutz suchten und fanden in Gehorsam und Gemeinsamkeit, wollte doch die Erinnerung an ihre Vereinsamung nicht weichen. Für manche war die Scham schwerer zu ertragen, als es die Pestgefahr gewesen war. Obschon allgemeine Verzeihung mild die Stadt einhüllte und die Leute so taten, als wenn nichts vorgefallen wäre, was ihre Ehre geschmälert hätte, so waren dennoch die Nächte in Arras ruhelos, voll böser Träume, verzweifelter Erinnerungen und demütigender Tränen. Schon damals verlangte es Arras nach Läuterung, schon damals suchte man nach der Formel, die als Schlüssel für das ganze Drama dienen konnte.

Am Tag, da die Tore geöffnet wurden, läuteten im Triumph alle Glocken, und eine gewaltige Prozession umschritt die Mauern der Stadt. Gegen Abend fiel dichter Regen und spülte die Reste des Unrechts fort. Am Tag darauf ritt unter blauem Himmel, im Licht der Morgensonne, Fürst David in die Stadt ein.

Man empfing ihn demütig, wie es einem hochwürdigen Hirten, der zugleich der Sohn eines Königs ist, gebührt, jedoch ohne die Liebe, die man sonst seinem Wohltäter zu

Füßen legt. David segnete in Gegenwart Vater Alberts die Stadt; ein ziemlich großer Teil der Bürgerschaft von Arras neigte den Kopf, beugte aber nicht das Knie.

Damals sagte Albert leise:

»Verzeiht ihnen, Euer Herrlichkeit, aber schweres Los hat sie heimgesucht, und sie zweifeln an allem ...«

Worauf David erwiderte:

»Was kümmern mich ihr Glaube und ihr Zweifel! Wichtig ist, daß sie überlebt haben!«

Ehrlich gesagt, fühlte ich mich ein wenig betroffen. Denn wenn jemand unsere Zweifel nicht achtet, achtet er auch uns und unser Schicksal nicht. Aber ich schwieg, weil es mir nicht recht schien, dem Fürsten dawiderzureden.

Während seines Aufenthaltes herrschte eine gezwungene Atmosphäre. Das bedeutete durchaus nicht, daß der Fürst seine Einstellung zur Stadt geändert hatte oder daß in der Stadt etwa eine tiefere Abneigung gegen ihn herrschte. Die körperliche Sattheit hatte sich rasch besänftigend auf die Gemüter ausgewirkt, und kaum jemand dachte noch daran, daß die Stadt immerhin auf Befehl des Bischofs von der Welt abgeschnitten gewesen war. Die Sache war die, daß die Wege unserer Erfahrungen um ein weniges auseinanderliefen. Während wir in den Mauern von Arras mit Pest und Hunger umgingen, tafelte David in Gent. Ich möchte das Problem nicht allzu oberflächlich angehen. Niemand bezweifelte das ehrliche Mitgefühl des Fürsten und seinen Wunsch, uns zu Hilfe zu eilen. Aber etwas anderes heißt es, zu retten, als: gerettet zu sein. Etwas anderes zu leiden und wiederum etwas anderes, Leiden zu beklagen. Etwas anderes endlich, zu wissen, als zu kennen. Denn der Fürst wußte zwar, daß es den Tod gibt, wir aber hatten Bekanntschaft mit ihm geschlossen. Wieder aus dem Abgrund aufgetaucht, fühlten wir etwas wie Sehnsucht nach den Erfahrungen, die uns gegeben waren und die uns bereichert hatten. Keiner in Arras erinnerte in aller Offenheit an die Tage der Pest. Aber man gedachte ihrer gar oft, so als bargen sie eine Labe und zudem ein Geheimnis, das nur uns, den Bürgern dieser Stadt, anvertraut war und das niemandem verraten werden durfte.

So kam es auch, daß man gewisse Kapricen des Fürsten nicht mehr mit dem einstigen Verständnis aufnahm. Er faßte das als Beweis unseres Unwillens auf und reagierte ziemlich ungehalten. Bei seinem Festbankett aßen die Bürger von Arras sparsam und tranken noch weniger, während der bischöfliche Hof, wie das so Brauch war, heftig über die Stränge schlug.

David beugte sich zu mir und sagte:

»Ich sehe, daß euch mein Essen im Maul wächst. Was sind denn das für Faxen, Jean? Gebt acht, daß ich das nicht als eine Beleidigung ansehe!«

»Fürst«, erwiderte ich, »urteile nicht so streng über uns. Wir lieben dich wie eh und je, und das Mahl an deiner Tafel macht uns froh. Aber wir haben heute einen anderen Geschmack. Jeder Bissen Fleisch ruft ein Gefühl in uns wach, von dem die Brabanter Gaumen keine Vorstellung haben. Das Essen wurde für uns zu einem Erlebnis, einem ziemlich unerfreulichen übrigens ... Was einst in unseren Augen als eine Annehmlichkeit galt, ist für uns heute mehr als bloße Notwendigkeit. Wir sind nicht schuld daran, Fürst.«

»Schon immer neigte Arras zu Übertreibungen«, erwiderte David. »Es ist ja eine Stadt schöner scholastischer Traditionen; hier hat man sich einst um die Anzahl der Haare im Schwanze Beelzebubs gestritten. Ich glaube sehr wohl, daß ihr grausame Leiden erduldet habt. Aber wo steht geschrieben, daß man sich dessen rühmen soll?«

»Wir wollen keinen Ruhm, Euer Herrlichkeit, vielmehr Stille, Sicherheit und Frieden. Wir sind nicht stolz auf unser Leiden. Ich meine sogar, daß mehr Scham in uns ist als Ruhmsucht, wenn wir uns der jüngstvergangenen Zeit erinnern. Aber es ist nun einmal so, daß es unser unveräußerlicher Besitz ist. Man kann sich in Arras nicht von diesem Leiden lossagen, man kann es nicht abtragen und nicht mit der Wurzel ausreißen. Es ist zu einem Stück von uns selber geworden. Drücke ich mich klar genug aus?«

»Du drückst dich klar genug aus, aber das ändert nichts an der Tatsache, daß Arras mir heute – bewußt oder unbewußt – vorwirft, an eurer Schicksalsprüfung Anteil gehabt zu haben. Es reibt mir seine Wunden und seine Friedhöfe unter die Nase, während ich mich des Lebens freuen und mich meinen Vergnügungen hingeben will. Mag sein, daß euch die Tage des Hungers und der Seuche veredelt haben, aber es besteht absolut kein Grund, dieses Faktum zu einem Beispiel für andere machen zu wollen. Die Seuche hat Arras und nicht Gent betroffen. Glaubt ihr, ihr dürftet zu Recht behaupten, daß ihr etwas Besseres seid?«

»Wir halten uns nicht für etwas Besseres, Euer Herrlichkeit...«

»Ja, freilich«, entgegnete äußerst scharf der Bischof und hieb mit der Hand auf die Tischplatte. »Ja, freilich, ihr hebt euer Anderssein hervor, indem ihr es euren bitteren Erfahrungen zur Last legt. Niemand unter der Sonne betont sein Anderssein, um sich zu demütigen; jeder tut es, um sich zu überheben! Aber da ihr nun einmal mit mir zu Tische sitzt und ich euch bewirte, bitte ich mir aus, daß mein Geschmack euer Geschmack, meine Zerstreuungen eure

Zerstreuungen und meine Geringfügigkeit eure Geringfügigkeit sei ...«

»Wer sollte sich erdreisten, Eurer Herrlichkeit Geringfügigkeit vorzuwerfen?« rief ich verblüfft.

»Oh, diese alle hier...«, antwortete der Fürstbischof und beschrieb mit dem Arm einen Bogen, der die Festgäste einschloß.

David hatte sehr laut gesprochen, und viele hatten seine Rede vernommen. Man mag's nicht glauben, aber damals schämte ich mich. Doch nicht für den Fürsten, für Arras schämte ich mich! Das Recht war schließlich auf Davids Seite. Nicht seiner Worte wegen, sondern weil er David war. Er war geboren worden, um recht zu haben. Und so begriff in jenem Augenblick die gesamte Tafelrunde, daß die Welt in ihr uraltes Bett zurückkehren würde. Der heilsame Status der göttlichen Gesetze machte unseren Zweifeln ein Ende. Nach einem Moment der Stille ertönten Rufe wie bei Festessen üblich, und schon bald waren alle übermütig und ausgelassen. Nur Albert blieb finster. Er hatte den Platz zur Rechten Davids inne, und jetzt neigte er sich zu ihm und sprach:

»Fürst, wie grausam haßt du doch diese Stadt!«

David aber entgegnete:

»Ich hasse das Leiden, guter Vater.«

Darauf Albert:

»Das kommt heute auf eins heraus, Fürst!«

Nun wiederum David:

»Du hast ins Schwarze getroffen ... Sei's, wie's sei! Also: Ich hasse Arras!«

Und er brach in unbeschwertes Lachen aus, so als habe er sich endlich von etwas frei gemacht.

Im Namen des Vaters und des Sohnes und des Heiligen Geistes. Amen. Ich glaube nicht, daß David damals die Wahrheit gesagt hat. Eher wollte er wohl seiner Abneigung gegen Vater Albert Ausdruck verleihen, und daher sprach er Dinge aus, die diesen verletzen mußten. Es ist doch ganz und gar unmöglich, daß ein so großer Herr eine seiner Städte zusammen mit all ihren Bürgern hassen sollte. Ich schließe nicht aus, daß David die Bitternis und die Tiefe des von uns Erlittenen irritierten. Wie man es auch wenden mochte, wir waren nun einmal die am schwersten Geprüften unter allen Bewohnern Brabants, was im Gemüt des Bischofs Unruhe hervorrufen mochte, Unruhe und die Befürchtung, daß wir uns über andere erheben oder gar nach den Höhen greifen wollten, auf denen er selber weilte. Sollte das der Fall gewesen sein, so hatte sich David sehr geirrt. Denn gerade während des Gastmahls gelangten alle Bürger zu der Überzeugung, daß es gut war, in diesem starken, harten und lebensfrohen Mann einen Vater, Hirten und Herrscher zu haben. Ach, wie er uns damals gefiel!

Spät in der Nacht, da die Gäste schon recht schläfrig waren, ließ der Fürst die Hofkomödianten in den Festsaal rufen, unter ihnen Sänger und Poeten, und auch ein Possenspiel sollte zur Aufführung gelangen, das zotig war und überaus ergötzlich. Als sie vor David standen, sagte er zu ihnen:

»Was werdet ihr Uns präsentieren, meine lieben Freunde?«

»Was Eure Herrlichkeit wünschen«, antworteten die Komödianten.

Darauf David:

»Ihr kennt mich, ich stelle keine Bedingungen. Entscheidet frei, wie das Brauch ist an meinem Hof.«

Also spielten und sangen sie, wie es ihnen gefiel. Ich aber sagte damals zum Fürsten:

»Eure Herrlichkeit ist sehr gnädig zu diesen Leuten. Bei uns pflegt das anders zuzugehen. Vater Albert hält diese Schar recht kurz.«

David lachte hell und vergnügt.

»Ich unterstütze die Künstler«, sagte er, »weil ich sie nicht fürchte. Ich verlange nichts von ihnen. Sie haben bei mir völlige Freiheit.«

»Sicher sind sie froh darüber«, erwiderte ich.

»Ach, wo denkst du hin!« rief David. »Das macht ihnen Angst, Jean. Sie sind weder des Tages noch der Stunde sicher, weil sie nicht wissen, was ich noch in Reserve halte, und immerzu verdächtigen sie mich irgendwelcher Ränke.«

»Aber das sind doch Kindereien«, sagte ich, »schließlich hegt Ihr doch keine bösen Absichten gegen sie, mein Fürst!«

David schwieg und sah mich ein wenig spöttisch an. Dann sagte er: »Trinken wir, Jean ...«

Mehr als ein Dutzend Personen, die in unserer Nähe saßen, hatten diesen Wortwechsel mitangehört. Mich schauderte, aber die anderen fühlten sich irgendwie gestärkt. Sie lechzten nach Macht und Durchtriebenheit, und es verlangte sie danach, sich dem Schutz eines Mannes anzuvertrauen, der ihnen Sicherheit garantieren konnte. Damals fanden sie, daß nur der Herrscher vertrauenswürdig ist, der seine Geheimnisse hat. Schon längst zweifelten sie an Albert. Seine Predigten und Gebete hatten das Unglück nicht abgewendet. Stets hatte er verlangt, daß Arras seinen Glauben auf den Himmel richtet, aber der Himmel war angesichts von Hunger und Pest gleichgültig geblieben. Daher waren die Menschen bereit, David zu vertrauen, der wohl keine Sündenvergebung verhieß, aber streng und mächtig, abgefeimt und kalt genug war, um der Drangsal eine Ende zu machen. Zwar war Arras ein wenig besorgt, daß David es bei der Kehle packen würde, aber was bedeutete das schon im Vergleich zu Sattheit und offenen Stadttoren?

Ich meine, daß man eben hier die Ursachen dafür sehen muß, weshalb die Bürger zu mir kamen, nachdem sich der Jude Celus erhängt hatte. Drei Jahre waren bereits vergangen seit den furchtbaren Tagen des Hungers und der Pest, aber noch immer waren sie für uns lebendige Erinnerung, und noch immer lebte die starke Hoffnung fort, daß für den Fall der Not allein Fürst David die Stadt retten konnte. Allerdings war während dieser ganzen Zeit der Fürst nur zweimal in der Stadt aufgetaucht – und das, um die Tage an der Tafel, bei Vergnügungen und Jagden zu verbringen. Doch schon seine Anwesenheit hatte bewirkt, daß sich Arras sicherer fühlte.

Nach dem Versiegen der Pest war das Leben rasch in seine alten Bahnen zurückgekehrt. Wieder lehrte Albert Demut und Sündlosigkeit, wieder forderte er zu Fasten und strengen Sitten auf, wieder suchte er den Beweis zu erbringen, daß wir die auserwählten Schäfchen in der Herde des Herrn seien. In dieser Zeit sprach er milde und gerechte Urteile, so als fürchte er, den Zorn Gottes zu erregen – was unzweifelbar damals geschehen war, als er der unglückseligen Kindesmörderin die Sterbesakramente verweigert hatte. Ehrlich gesagt, Albert war nach der vorangegangenen Bedrängnis gealtert und mißmutig geworden. Wie David es verlangt hatte, ließ er den Friedhof aus der Stadt hinaus verlegen, hatte doch der Bischof von Utrecht geschrieben: »Halte nicht den Platz der ewigen Ruhe inmitten der Stadtgebäude, denn die Toten erlöst das nicht, aber die Lebenden vergiftet es. Und laß eure Toten in Frieden! Handle nicht mit ihnen, wie Du das zu tun pflegst, um so die Lebenden besser mit Deinen Lehren vom ewigen Heil umgarnen zu können. Die Toten sind Dich für immer los, ehrwürdiger Vater; sie schlafen kregel in ihren Gräbern, tanzen mit dem Gewürm, und ihre Seelen hat der Herrgott zu sich genommen, und er ist es, in dessen Obhut sie stehen. Also stell Kreuze auf die Gräber, aber befiehl, jenseits der Mauern zu graben, was ich Dir hiermit ein für allemal streng gebiete ...«

Das war alles, was wir vom Fürsten zum Thema Stadtangelegenheiten erfuhren. Aber jeder rechnete damit, daß er, wenn er sich in einem schwierigen Augenblick auf den Hof berufen würde, er dort einen sicheren Hort fände. Und eben darum kamen die Bürger zu mir und riefen, ich solle an den Fürstenhof eilen und von dem großen Unrecht gegen den Juden Celus Kunde geben.

Doch ich bin nicht geritten! Ich ging unter die Leute, so wie Albert es gewünscht hatte, und sagte ihnen dies:

»Ich habe die Sache genau erwogen. Die ganze Nacht habe ich darüber nachgedacht, was an mir zu tun ist, und ich habe in Erwartung göttlicher Hilfe inbrünstig gebetet. Empört seid ihr zu mir gekommen wegen der vermeintlichen Ruchlosigkeit, in die sich Herr Albert eingelassen hat. Es ist dies ein Ausweis eures Christentums. Dennoch habe ich mir gedacht, daß eure Bravheit von Hochmut durchsetzt ist. Den göttlichen Richtspruch zu durchkreuzen, ist unsere Sache nicht. Wir sind ihm Demut schuldig. Immerhin ist es keine Frage, daß der Jude Celus das Haus

Gervais' verflucht hat. Wie sollte man es sich sonst erklären, daß ihm ein gesundes Pferd verreckt ist? Dieses alles ist über jeglichen Zweifel erhaben. Aber um die Gewissen zu beruhigen, hatte der Rat beschlossen, mit Akribie Untersuchungen durchzuführen. Kein Urteil ist auf Celus gefallen, und niemand hat das Wort ›schuldig‹ ausgesprochen. Hätte es sich herausgestellt, daß die Anschuldigung aus den Fingern gesogen ist, wäre der Seiler zur Verantwortung gezogen worden. So hat man zunächst erst einmal, wie das üblich ist, Celus im Rathaus festgesetzt. Worin liegt da Ungebührlichkeit?«

Hier unterbrach mich ein Bürger mit dem Ruf: »Man hat Celus nicht das Recht gegeben, sich zu verteidigen!«

»Er war noch nicht gerichtet«, erwiderte ich. »Das waren die ersten Verhöre; er verantwortete sich vor dem Rat, der ihn verhörte. Mit dem Prozeß hätte man ihm zweifellos gestattet, sich nach Recht und Gesetz zu verteidigen ... Er aber hat sich dem Gericht und der Stadt entzogen, indem er sich das Leben genommen hat. Auf diese Weise hat er sich schuldig bekannt. Flieht denn ein reiner Mensch vor der Gerechtigkeit in den Tod? Er war sicher, daß ihm die Schuld nachgewiesen würde, und so hat er sich selber die Strafe zugemessen.«

Jemand ließ sich vernehmen: »Vielleicht traute er der Gerechtigkeit der Stadt Arras nicht und wollte sich Leiden ersparen.«

Ein anderer rief:

»Das kann nicht sein! Schließlich hat er sich damit zu ewiger Verdammnis verurteilt.«

Wieder ein anderer schrie: »Sein ganzes Leben hat er im abscheulichen Judentum ausgeharrt, also war er ohnehin verdammt. Seine Ängste waren nicht unsere Ängste, und daher können wir nicht sagen, daß er sich zur ewigen Verdammnis verurteilt hat ... Für den Juden war das kein Sturz in die Hölle, als er sich im Rathaus erhängte; vielmehr hat er sie verlassen und ist eingegangen in das, was ihm der jüdische Glaube verhieß ... Man darf also nicht behaupten, daß er sich selber gerichtet hat. Vielleicht suchte er nur Stille und Frieden ...«

Der Mann, der diese Worte gesprochen hatte, war ein gesetzter, gutgekleideter Mensch. Er sah aus wie ein Jurist, erwies sich aber als der Vogt des Herrn de Saxe, dem der Graf vor Jahren fette Pfründe verliehen und der damit ein Riesenvermögen gemacht hatte. Ich kehre später noch einmal zu seiner Person zurück. Damals fragte ich ihn:

»Du glaubst also, Celus habe der Gerechtigkeit der Stadt Arras nicht getraut?«

»Das habe ich nicht gesagt«, erwiderte er mit einem Ausdruck der Wachsamkeit in den Augen. »Vielleicht fürchtete er nur die Leiden, und weil er ein schwacher Mensch war, bar des christlichen Glaubens, machte er sich aus freiem Willen davon.«

»War er deiner Meinung nach schuldig?«

»Ich war nicht sein Richter, Herr«, antwortete der Vogt verwegen. »Und ich möchte es auch nicht sein. Mich bedrückt die Unsicherheit, immer laß ich die Möglichkeit eines Irrtums zu, und darum bleibe ich lieber abseits. Übrigens sind wir nicht zu dir gekommen, um über Schuld und Unschuld des Juden Celus mit dir zu streiten, sondern mit der Bitte um eine Botschaft an Fürst David. Er ist unser Herr, und wir vertrauen seiner Klugheit ...«

»Nun ja!« rief ich munter. »Aber überlegt doch noch einmal! Gegen wen ruft ihr denn den Bischof von Arras? Der Jude Celus liegt tot im Rathauskeller. Man kann ihn nicht wieder lebendig machen – und vielleicht ist es so Gottes Wille! Wenn also der Fürst nach Arras kommen soll, muß man ihm einen Grund für seine Reise nennen. Für wen und gegen wen soll er in die Stadt kommen? Wenn wir den Fall nicht klarstellen, wird der Fürst ein Gericht halten müssen, wo auf der einen Seite der tote Jude steht und auf der anderen die Stadt Arras. Wenn das Recht auf seiten der Stadt Arras ist, wozu den Fürsten mit einer weiten und beschwerlichen Reise plagen? Ist aber das Recht auf seiten des Juden, dann wehe uns! Ein einziger unter euch hat vernünftig geäußert, daß er Unsicherheit empfinde und einen Irrtum für möglich halte. Wenn er sich diese Last auch selber aufbürdet, so kann er sie damit dem Fürsten doch nicht abnehmen. Der Fürst ist – wie wir alle – auch bloß ein Mensch. Meint ihr, daß Gott ständig aus seinem Munde spricht? Vor hundert oder zweihundert Jahren, wo die Welt verworren, aber zugleich erhabener war als heute, hätte man das glauben können. Heute sind wir uns unserer Unvollkommenheit bewußt. Ich gehöre zu den Freunden des Fürsten, was mir Ehre und Freude ist. Aber ich sage euch offen, weil mir Wahrheitsliebe teurer als alles ist, daß man den Bischof nicht herbeirufen sollte. Wir gehören nicht zu den bevorzugten Schäfchen seiner Herde. Darüber hinaus erfreuen wir uns etlicher Privilegien, die anzutasten eine schwere Sünde wäre. Die Stadt Arras hat einen eigenen Rat, eigene Gerichte und eine eigene Gerechtigkeit. Auf Fürst David bauen heißt nicht nur, sich seinem Schutz anvertrauen, sondern auch die Rechte an ihn abtreten, die unser Reichtum sind. Selbst wenn wir nicht gerecht sind, so geschieht es doch nach unserem Maß und auf unsere Rechnung. Ihr sagt, man muß David vertrauen ... Recht so! Wer vertraut ihm denn nicht? Wo gibt es solche in der Stadt? Aber das Vertrauen zum Fürsten darf nicht das Vertrauen durchstreichen, das wir auf uns selber setzen. Davids Begriff von Gerechtigkeit ist, so könnte man sagen, wie David selber. Gott ist immer so wie der Mensch, der an ihn glaubt. Denn Gott – das ist, wie ihr wißt, die Sehnsucht nach Wahrheit, nach Liebe, nach Erhabenheit. Gott ist unsere bessere Qualität, und der Glaube an ihn stellt den Weg zu Vollkommenheit dar. Aber etwas anderes ist meine bessere Qualität – und wieder etwas anderes die eines fremden Menschen! Jeder hat seine eigenen Maßstäbe...«

Sie lauschten mir mit einer gewissen Verblüffung, ja sogar mit einem Funken Bangigkeit. Ich selbst spürte den lästerlichen Unterton in meinen Worten, aber ich redete weiter im vollen Vertrauen darauf, daß ich für eine gute Sache in die Schranken trete und mit der Gnade des Himmels rechnen durfte, wenn ich das mir gesteckte Ziel erreichte.

»Wann sind wir Gott nahe? Dann, wenn unser Gewissen rein ist. Wahrhaftig, das Nichtwissen um eine Sünde öffnet sogar den Sündigen die Himmelspforten. Wenn ich etwas Böses tue, dabei aber annehme, daß ich gut handele, dann handele ich gut. Doch wenn ich gut handele und glaube, daß ich sündige – dann sündige ich. Die Kirche Gottes lehrt uns, was gut und was schlecht ist, und weist uns den Weg zur Erlösung. Gott selber aber tragen wir in unseren Herzen. Und ich sage euch, daß niemand meinen Gott kennt und ich keinen anderen Gott kenne außer dem meinen. Ich bin ich, eben dank der Tatsache, daß ich meinen Gott habe, der nicht der Gott anderer Leute ist. Obschon er gleichzeitig der einige, allgegenwärtige Gott ist... Was also wollt ihr? Daß der Fürst der Stadt seine Mutmaßungen und Anschauungen, sein Gewissen und sein Gefühl für Gerechtigkeit aufzwingt? Reicht es der Stadt Arras nicht zu einem eigenen Gewissen? Hat Gott keine Herberge in unseren Herzen, und bemühen wir uns nicht, mit ihm nach unserem Maß – das heißt gerade so, wie es ihm gefällt – zu verkehren? Wir sind so, wie Gott uns gemacht hat. Und Gott hat Wohlgefallen daran, daß Arras so ist, wie es ist – weder besser noch schlechter, weder dümmer noch klüger... Unser Leben ist ein Geheimnis. Es bildet die Bundeslade zwischen uns und Gott. Was soll uns ein Fremder? Sie sind uns nur insofern notwendig, als wir unserer Ablehnung Ausdruck geben können. Alles, was wir tun, ist nämlich Ablehnung, ist Negation. Jeder von uns leugnet, er selber zu sein. Man selber zu sein bedeutet – ununterbrochen zu rufen, daß man nicht jemand anderes ist. Ehrlich gesagt, wenn der Fürst hierherkäme, bestünde der einzige Weg zur Verwirklichung unserer Identität darin, daß wir ihm, dem Fürsten, nicht unterliegen! Woher kommt euch die Überzeugung, daß Glaube und Gerechtigkeit Davids besser sind als die unsrigen? Ja, und selbst wenn sie besser sind, so sind sie eben nicht die unsrigen. Und sofern sie nicht die unsrigen sind, können sie nicht unseren Glauben und unsere Gerechtigkeit bilden. Sie verkehren sich in ihr Gegenteil, ihre Negation, werden zu Zweifel und Ungerechtigkeit. Wenn David hierherkommt und Gericht hält, verliert Arras sich selbst. Nach Gent zurückkehrend, nimmt der Fürst alles mit sich, was über unsere Existenz entscheidet. Wir aber bleiben zurück, in ein Netz von Unschlüssigkeit, Unrecht und Bösem verstrickt, selbst wenn einige an der Illusion festhalten werden, daß die Gerechtigkeit und der Glaube des Fürsten sie gebessert haben. Ich sage euch noch einmal: Wer sich seiner Rechte begibt und seinen Glauben an Fremde abtritt, indem er diesen die Suche nach Gott überantwortet, der verzichtet aufs eigene Heil ...«

Sie hörten mich mit Zittern und Zagen. Ich selber bangte, ob ich nicht zu weit gegangen war. Aber immerhin hatte ich Zweifel in ihre Herzen gesät; denn als ich geendet hatte, sagte der, der Vogt bei Herrn de Saxe war:

»Nun ja, über gewisse Dinge habe ich bisher noch nicht so richtig nachgedacht. Das, was wir eben vernommen haben, halte ich für sehr interessant. Es ist schon so, daß der Fürst aus unserer Bitte allzu weitreichende Folgerungen ziehen könnte. Wir aber besitzen wohl selber so viel Rechtsempfinden, um uns hier mit dem Schicksal zu messen – in unseren Mauern, ohne Fremde, selbst wenn sie so würdig sind wie unser Herr, der Bischof von Utrecht. Was die Sache selber angeht, so bleibt sie auch fernerhin unentschieden. Es gibt kein Wort, das Celus das Leben wiedergeben könnte. Trotzdem sollten alle Einzelheiten gründlichst geprüft werden. Herr Albert hat nicht gehandelt, wie es seine Pflicht gewesen wäre, und darüber sollte er uns Rechenschaft geben. Wir hegen Achtung und Liebe für Herrn Albert, aber wenn der Fürst nicht unser Stellvertreter sein kann, dann darf sich auch Herr Albert dieses Recht nicht anmaßen. Möge er also der Stadt den Fall übertragen, und die Stadt wird befinden, ob sich der Jude Celus eines Verbrechens schuldig gemacht hat oder nicht.«

Als der Vogt zu Ende gesprochen hatte, pflichtete ihm die Mehrzahl der Versammelten bei. Es gab aber auch solche, die verdrießlich von dannen zogen und sich beklagten, daß man sie überrumpelt habe.

Mit diesem Tag nahm in Arras ein außergewöhnlich demokratisches Regiment seinen Anfang. Albert, der nun sicher sein durfte, daß ihm kein bischöflicher Besuch mehr drohte, ließ mit Freuden Plebejerstimmen zum Rat zu. Alle übrigen hießen den neuen Status ohne Grimm gut, wenn auch mit einem Fünkchen Spott. Herr de Saxe sagte noch an demselben Abend zu mir:

»Siehe da, das jüdische Blut hat also die braven Christen geeint... Es ist nun mal das beste Bindemittel für unsere Stadt. Schade nur, daß es in der Ratsstube jetzt nach Mist und Rohwolle stinkt.«

Albert jedoch verkündete würdevoll und im Brustton der Überzeugung, der sogar mich in Erstaunen setzte, daß es eine gute Tradition in Burgund sei, dem einfachen Volk das Ohr zu leihen, und daß nichts Absonderliches darin liege, wenn von heute an Bürger aller Stände im Rat säßen; denn so sei es bereits in früheren Zeiten gewesen, als Herzog Jean das Blut derer von Armagnac vergossen habe, um den Armen zu gefallen.

Das klang wunderschön. Die Bürger der Stadt verbeugten sich tief vor Albert, vor dessen Angesicht sie standen. Und nur de Saxe knurrte:

»Irgend etwas stinkt hier... Aber es ist ein ehrwürdiger, väterlicher Mief – daran merke ich, daß es ein hochwohlgeborener Hintern war, der die Luft verpestet hat.«

IM NAMEN DES VATERS UND DES SOHNES UND DES HEILIGEN GEISTES. AMEN. Von da an begaben sich in Arras wunderliche Dinge. Ich behaupte durchaus nicht, daß man das der Initiative der städtischen Zimmerleute, Tuchmacher und Schmiede zuschreiben muß, die nun im Rat saßen. Dennoch war es eben ihre Anwesenheit und Teilnahme, die ganz neue Perspektiven eröffneten. Man könnte sagen, daß in der Stadt etwas geschah, was wir bisweilen in der Natur beobachten.

Zur Herbstzeit kommen in Artois häufig böige Winde auf. Die einen wehen vom Meer tief ins Land hinein und sind von Feuchtigkeit gesättigt. Die anderen wiederum stürmen heulend von den waldigen Hügeln herab, die sich bis Paris erstrecken, und diese Winde sind ungewöhnlich trocken. Über den Feldern von Artois treffen sie aufeinander und fegen brausend dahin. Regen kann daraus entstehen und herbstliches Schmutzwetter mit stickigen Nebelschwaden, die sich vom Morgengrauen bis in die Nacht hinein über die Stadt legen; es kann auch klares, freundliches und sogar ein wenig frisches Wetter folgen. Doch manchmal passiert es, daß der Wind vom Meer den Gegenwind gewaltsam in sich aufnimmt, dann stürzen Regengüsse auf die Stadt nieder, Wasserfluten überschwemmen die Straßen, und die Bäume verlieren innerhalb weniger Augenblicke ihre letzten Blätter. Oder aber jener andere äußerst trockene Wind saugt die ganze Kraft in sich auf – dann herrscht ein paar Tage lang drückende Schwüle, die um diese Jahreszeit äußerst unangenehm ist. Die Gärten welken in der Sonnenglut, die Weinstöcke werden versengt, und man kann sie nur noch als Viehfutter verwenden. Solange die Winde gegeneinander wehen, herrscht in Artois ein milder, wenn auch launischer Herbst. Doch laß nur den einen oder den anderen den Sieg davontragen, schon heißt es unbarmherzig zahlen für diesen Mangel an Gleichgewicht!

Ähnliches geschah in Arras, seit die Einfalt im Rat saß. Plötzlich fehlte das unabhängige Element der Straße, das – gescheit oder töricht – auf eine gewisse Weise die Beschlüsse des Rates milderte. Soweit mein Gedächtnis reicht, hat sich Albert und seine nächste Umgebung zu den Bürgern der Stadt stets so betragen wie ein Mann gegenüber einer Frau, die er besitzen möchte. Etwas von Verachtung, von Furcht und Zärtlichkeit lag darin. Mehr als zwanzig Jahre lang hatte sich Albert um die Gunst der Stadt Arras bemüht. Ich denke, daß das seinen Verstand in Spannung und Unrast hielt. Zwar brachten ihm die Bürger furchtsame Achtung entgegen, aber das bedeutete noch lange nicht, daß sie demütig die Köpfe beugten und ängstlich das Maul hielten. Für gewöhnlich hatten auch sie ihre Argumente, und falls es um wichtige Dinge ging, krakeelten sie, daß es seine Art hatte. Man mußte sich Mühe geben, um sie zu überzeugen, mußte Eingang in diese Dickschädel, in diese bisweilen beschränkten, dann wieder ungemein scharfsinnigen Hirne finden. Das hing von der jeweiligen Situation ab. Vor Jahren wollten sie zum Beispiel partout die Engländer halten, und es kam ihnen durchaus nicht in den Sinn, dem Beispiel Burgunds zu folgen und sich mit König Charles zu verbünden. Unter der englischen Herrschaft blühte die Stadt auf, obwohl bewaffnete Banden raubten und plünderten; die Bürger von Arras webten ihre kunstvollen Bildteppiche und verkauften sie mit Gewinn auf der anderen Seite des Kanals. Die Armut des französischen Hofes war allzu offensichtlich, als daß die Handwerker und Kaufleute aus Artois sich gar zu rasch in Verbündete König Charles' verwandeln ließen. Vergeblich versuchte Albert sie davon zu überzeugen, daß Jeanne d'Arc eine gute Herrin und ihr Schwert von Gott gegen die Engländer gesegnet sei ... Sie hielten sie für eine Dirne und verfluchten den Tag, da sie nach Chinon gekommen war. Jahre mußten vergehen, bis sie sich mit der neuen Situation vertraut gemacht hatten. Ihre Gewebe schickten sie nunmehr nach Brüssel, wo der

Herzog von Burgund jede Elle Serge überbezahlte, nur um Arras für seine neue Politik zu kaufen. Aber die Stadt, auch wenn sie wiederum blühte, liebte nun einmal die Engländer und nicht die Franzosen.

In jenen Jahren vollführte Albert diplomatische Kunststücke, um Arras für den Hof zu gewinnen. Und viele ähnliche Fälle gab es, wo er sich tüchtig den Kopf zerbrechen mußte, um seine Meinung durchzusetzen. Die Bürger hüteten ihre Privilegien, sonderten die Spreu vom Weizen und hatten stets das eigene Geschäft im Auge. Man konnte die allgemeine Lage mit den klimatischen Vorgängen über Artois vergleichen, wenn die Gegenwinde wehen und miteinander ringen, was Menschen, Tieren und Pflanzen zum Guten ausschlägt.

Und da war nun alles anders geworden! Seiler und Zimmerleute gingen in den Rat, um gemeinsam zu regieren. Die Straße hatte den ehrwürdigen Vater aufgesogen oder auch er die Straße ... Keine einander widerstrebende Elemente mehr – es herrschte Harmonie! Das war der erste Fluch, den die Himmel auf Arras herabgeschleudert haben.

Meine Herren! Wenn ihr meint, daß mit jenem Augenblick die Ratssitzungen zu einem Feld von Streitigkeiten und hitzigen Debatten wurden, irrt ihr euch gewaltig! Denkt nur, welch eine Situation! Sonst hatten die einfachen Leute stets im nachherein von den Entscheidungen des Rates erfahren. Sicher, sie schimpften hin und wieder über die Beschlüsse und protestierten: »Nein, nein und abermals nein! Herr Albert, überlegt Euch noch einmal die Sache; wir sind nicht einverstanden und wollen nicht tun, wir Ihr beschlossen habt ... Wir sagen Euch also, überlegt's Euch gut, damit in der Stadt nicht länger Mißstimmung herrscht.« Daraufhin debattierte der Rat von neuem über das Problem und achtete dabei darauf, daß seine jetzigen Entscheidungen die Leute andere dünkten, milder oder strenger, auf jeden Fall für die Bürger leichter zu schlucken. Die Sache ist die, daß die Straße niemals an diesen Entscheidungen aktiv teilhatte. Sie konnte nein sagen und damit basta! Das verpflichtete Albert zu größerer Mühe, machte ihn aber zu einem vernünftigen Herrscher. Nun aber, mit ihrer Mitgliedschaft im Rat, nahm sie auf einmal an der Beschlußfassung teil. Aber worauf beruhte das?

Was ist der Zimmermann in seinem Hause? Der Zimmermann in seinem Hause ist ein Herr. Was ist ein Zimmermann auf der Straße? Ein Zimmermann auf der Straße ist ein Bürger. Was aber ist ein Zimmermann im Rat? Ein Zimmermann im Rat ist ein demütiger Schweiger. Manchmal muß sich ein Fischer mächtig mit dem Zuggarn herumplagen; der Fisch leistet Widerstand, peitscht mit der Schwanzflosse den Wasserspiegel. Da ist der Fisch noch bei sich, und der Fischer ist im fremden Element. Zieht er aber das Garn ans Ufer, dann ändert sich alles mit einem Schlag. Der Fischer steht fest auf dem felsigen Grund, und des Fisches Zuckungen werden immer schwächer, bis er ganz erstarrt und man ihn getrost an den Bratspieß stecken kann.

Dasselbe geschah mit den schlichten Leuten im Rat. Man hatte sie ihres eigentlichen Elementes beraubt, ja, was schlimmer war, man hatte ihnen die Leichtigkeit genommen, mit der sie früher nein gesagt hatten. Sie konnten nun nicht mehr rufen: »Nein, nein und abermals nein! Herr Albert, wir sagen dir: nein!« Denn wenn sie protestieren wollten, entgegnete man ihnen: »Es ist euer Recht zu protestieren, und wir sind froh darüber, daß ihr so stolz davon Gebrauch macht! Doch angemessene Entscheidungen müssen getroffen werden, und darum laßt uns hören, was für eine Ansicht ihr vertretet!« Und schwer sank eine Last auf sie nieder, von der sie keine Ahnung gehabt hatten. Sie wanden sich wie Aale und riefen gleich noch einmal: »Nein, nein, so ist's nicht recht...«, aber weil das ernste und gewissenhafte Menschen waren, verstummten sie gleich wieder; der Schweiß rann ihnen über den Nacken, in die Augen; angstvoll und verzweifelt starrten sie vor sich hin, bis sie schließlich hervorbrachten: »Es soll geschehen, wie Herr Albert gesagt hat!«

Wie hätten sie auch anders auftreten sollen? Ihnen fehlte die prahlerische Sicherheit, die die Edelgeborenen ihr ganzes Leben lang begleitet. Sie fühlten sich geniert durch die Erlesenheit und Eleganz der Aussprache, die Vornehmheit der Gemächer, Möbel und Kleider. Vor allem aber war es ihr Verantwortungsgefühl, von dem sie sich knebeln ließen.

Wirklich, Albert hat sich die ewige Seligkeit verdient – wenn nicht durch Taten, so doch zweifellos durch Schläue. Denn schließlich erreichte er, wovon alle Herrscher träumen. Indem er dem niederen Volk einen Teil der Macht übertrug, erlangte er ungeteilte Macht. Indem er die Macht mit den Ungebildeten teilte, behielt er sie ganz für sich! Das war nicht einmal Fürst David gelungen – und zwar wohl darum, weil der Fürst alles geringschätzte, auch die eigene Herrschaft...

Es kam also zu einer Regierungsform, die Harmonie auf ihr Banner geschrieben hatte. Niemand hätte vermutet, daß sich das als die schwerste Bürde erweisen würde, die das Schicksal Arras auf die Schultern gelegt hat. Merkwürdig, als wir uns damals versammelten, fiel kein einziges Wort aus dem Munde des gemeinen Volkes zum Thema Celus. Als wenn er sich selber ausgelöscht hätte, sank er in Vergessen. Ich unterhielt mich darüber mit Herrn de Saxe:

»Was für ein schwaches Flämmchen der Gerechtigkeit leuchtet doch in diesen Hirnen. Erst wollten sie lautstark den Juden verteidigen, und jetzt stehen sie angesichts der Würde des Rates wie gebannt und sind bereit, ihre Gewissensruhe zu verschachern für dieses Bröckchen Wichtigkeit, was da von unserem Tisch gefallen ist...«

Worauf Herr de Saxe erwiderte:

»Wahrhaftig, ich sehe darin nichts Besonderes. Warum verlangt Ihr von den einfachen Leuten mehr Eifer und Ausdauer in Gewissensfragen, als man sie bei den Herren antreffen kann? Verwirrt sind sie, das ist alles.«

Herr de Saxe war ein Mensch von großem Feingefühl, nicht wahr?

Aber wer glaubt, daß sich der Schatten des Juden Celus im Ratssaal fürderhin nicht mehr gezeigt habe, der irrt. Die Zimmerleute und Tuchmacher schwiegen, aber Albert wollte durchaus nicht schweigen – was die Lawine der weiteren Ereignisse ins Rollen brachte.

Vor den Rat trat ein Mann mit einem Schreiben von den Juden, worin diese baten, man möge ihnen doch Celus' Leichnam herausgeben. Man führte den Mann in den Saal. Er stand im Dämmer des niedrigen Deckengewölbes – eine schwarze Erscheinung: schwarze Kleidung, schwarzer Bart. Mir schien er biegsam wie eine Stechpalme, die ewigem Wind ausgesetzt ist. Er schwieg, während wir das Schreiben lasen. Dicht bei ihm stand der Gerichtsdiener, ein äußerst robuster, grobschlächtiger Kerl, der den Juden um einen Kopf überragte.

Und ich dachte damals, daß dieser Jude uns allen voraus ist, uns überrundet auf eine sonderbare Weise, weil er weiß, was wir noch nicht wissen, und wenn wir im Heute leben, so lebt er bereits im Morgen. Übrigens, vielleicht habe ich das gar nicht gedacht, sondern nur Kälte und Unruhe gespürt, so als hätten mich die Schwingen eines Vogels im Flug berührt.

Alle blickten sie auf diesen düsteren Juden; der aber schaute nur zu mir, wie ein Stummer zu einem Redenden schaut oder ein kluges Tier zum Menschen ... Bei Gott, das war nicht leicht!

»Was denn! Die Juden diktieren dem Rat von Arras ihre Gesetze?« kommentierte Albert leise.

Jener senkte den Kopf:

»Wir hegen die größte Ehrfurcht vor dem Rat. Wir legen dem Rat nur unsere demütige Bitte vor...« Und noch tiefer beugte er den Nacken.

IM NAMEN DES VATERS UND DES SOHNES UND DES HEILIGEN GEISTES. AMEN. Wie trostlos ist doch die Welt konstruiert. Stellt euch einmal vor, wie ein Ochse lebt. Er geht im Joch über die Felder, den Schädel tief gesenkt in Erwartung der Peitsche. Am Strick läßt er sich zur Schlachtbank führen, und wenn sie ihn abstechen wollen, geht er von selbst in die Knie. Aber wenn ihn ein gütiges Geschick zum Stier bestimmt hat, was dann? Vergeblich müht man sich, ihm das Joch aufzubürden. Er zerreißt die Zugleine und zerstampft jedes Feld. Fünf erwachsene Männer müssen ihn zum Schlachten zerren, und es kommt nicht selten vor, daß man ihm, der mit furchtbarem Gebrüll die Luft erfüllt, die Knochen bricht. Ganz anders ist die tierische Natur, wenn das Gefühl der eigenen Kraft ihr innewohnt. Und so pflegt es auch mit dem Menschen zu sein!

Wie sollte sich denn die Mäßigkeit der braven Stellmacher von Arras auswirken, wenn sie auf den Ratsbänken saßen? Die einsame Gestalt des Juden verkleisterte den ergrimmten Bullen den Blick. Schlecht tat er daran, daß er so demütig sprach; denn nichts war ihnen in diesem Moment so widerwärtig wie gerade Demut. Ihre Nasenlöcher witterten den Brodem der Barbarei. Wenn er ihnen damals freche Worte entgegengeschleudert hätte! Aber nein ... Er stand reglos in seiner Verbeugung, was man als eine Geste der Schwäche und der Ehrerbietung deutete. Für Menschen vom Format des Herrn de Saxe und auch für mich, die wir ja an eine gewisse Unterwürfigkeit unserer Umgebung gewöhnt waren, betrug sich der Jude ganz normal. Aber jene, die auf Alberts Wunsch hin im Rat saßen, erlebten eine solche Wonne zum erstenmal.

Einer schrie: »Tiefer den Kopf, Jude!« – Was jener sogleich tat.

Ich sah zu Albert hinüber. Mitten im zerzausten Barthaar zeigte sich ein Lächeln.

»Ich gewahre in eurer Schrift nicht die Achtung, wie sie dem Rat gebührt«, sagte Albert. »Du kommst zu uns mit einer Bitte, und man muß dich lehren, wie man eine Verbeugung macht. Wir sind einsichtsvoll, aber gib acht, daß nicht das Maß unserer Geduld überschritten wird.«

»Herr«, antwortete der Jude, »es ist nicht die Schuld meiner Glaubensgenossen, daß sie einen so nichtswürdigen und elenden Gesandten erwählt haben. Wenn nötig, nehme ich die Strafe mit wirklicher Achtung auf mich, aber bitte, laßt nicht die Gemeinde euren Zorn fühlen; sie ist unschuldig!«

»Sieh einer den jüdischen Rabulisten an!« brüllte der Bäcker Mehoune.

Allgemeiner Tumult erhob sich. Doch Albert gewann sofort die Oberhand über die ganze Sippschaft wieder.

»Pax! Pax!« rief er. »Nicht würdig ist es, sich im Rate zu ereifern!«

Auf der Stelle wurde es still, und unser ehrwürdiger Vater fragte den Juden nach seinem Namen. Dieser gab zur Antwort: »Icchak«, und Albert hieß ihn mit einer Handbewegung sich entfernen.

»Herr«, sagte Mehoune, »wie kann das angehen, daß der Rat die jüdische Beleidigung ungestraft läßt?«

»Ich habe nichts von einer Beleidigung bemerkt, Bäkker«, erwiderte Albert.

Wieder schrien alle durcheinander, er aber besänftigte sie.

»Mehoune«, sagte er zu dem Bäcker, »meinst du wirklich, daß der Jude absichtlich den Rat herabsetzen wollte?«

»Das meine ich«, rief der Tölpel racheschnaubend und ganz rot vor Wut.

»Und du, Tuchmacher Yvonnet?«

»Ich bin auch der Ansicht«, antwortete Yvonnet.

Alle der Reihe nach sagten dasselbe.

Albert war mit ihnen zu Ende und wandte sich nun an mich:

»Jean, mein lieber Freund, wie denkst du darüber?«

»Ich meine«, antwortete ich nicht ohne Furcht, »daß sich der Jude dem Rat gegenüber ungehobelt betragen hat.«

Der ehrwürdige Vater lächelte sanft und wandte sich nunmehr an Herrn de Saxe:

»Und Ihr, lieber Graf, was ist Eure Meinung?«

De Saxe fauchte wie ein Kater:

»Werter Herr Albert«, sagte er, ohne mit seiner Wut hinterm Berg zu halten, »ich bin ein de Saxe, wie könnte ich mich da von einem Juden beleidigt fühlen! Wo steht er, und wo stehe ich!«

Albert erwiderte gütig:

»Jeder weiß, daß die Grafen de Saxe Brabants Blüte sind. Es ist also selbstverständlich, daß ein Klümpchen jüdischen Kotes Euren Mantel nicht besudeln kann!«

Ich spürte, wie nach diesen Worten eine Mauer aus Argwohn und eisiger Ablehnung um den Grafen emporwuchs.

Damit war die Beratung schon fast ans Ende gelangt, nur dies sagte Albert noch:

»Mein christliches Gewissen flüstert mir zu, daß der arme Celus nicht schuld an dem heute Vorgefallenen ist. Folglich bitte ich den Rat, zu beschließen, daß man der Gemeinde seinen Leib herausgebe. Mögen sie ihn begraben nach jüdischem Brauch. Was aber die Gemeinde selber angeht, so kehren wir noch einmal zu der Angelegenheit zurück.«

Und so beschloß es der Rat. Danach gingen alle wieder an ihre Beschäftigung, erfüllt von heiligem Zorn. An diesem Abend entschlummerten sie gerührt von der eigenen Güte und bereit, der Gemeinde Gerechtigkeit widerfahren zu lassen. Lauter waren sie und achtbar wie nie zuvor. Zu Häupten eines jeden von ihnen stand der Engel des heiligen Krieges, den sie bereits angekündigt hatten . . .

Was mich anging, so erinnere ich mich ganz genau, daß ich in jener Nacht kein Auge zutat. Ängste peinigten mich, die ich heute kaum in Worte fassen könnte; denn immerhin sind seit jenen Vorfällen bereits der Herbst und auch ein tüchtiges Stück Winter ins Land gegangen. Teilweise hat der flandrische Schnee meine Erinnerungen zugeschüttet, und die Winde vom Kanal her haben mir die mannigfaltigen Bilder aus dem Kopf gefegt. Nur auf so viel kann ich mich noch besinnen, daß ich, als die Sonne aufging und sich der Himmel ein wenig erhellte, einen scheußlichen Traum hatte. Mir träumte, ich durchmesse unbekanntes Terrain, es scheint leer, wie aus einem einzigen Felsbrocken herausgehauen. Meine Füße hinterlassen keine Spuren auf der Erdoberfläche. Rings um mich her weder Mensch noch Tier, kein Baum, kein Strauch. Nackter harter Stein erstreckt sich bis zum Horizont, und ich bin allein unter dem Himmelsgewölbe. – Das Ganze dauerte wohl nicht lange; denn als ich die Augen öffnete, hing die Sonne noch niedrig über den Dächern der Stadt, und die durchdringende Kälte der Nacht war noch nicht gewichen. Aber auch wenn der Traum nur kurz und flüchtig gewesen war, so begriff ich doch beim Erwachen, daß ich niemals zuvor so schmerzlich und unmittelbar mit Gott und mit meinem christlichen Glauben in Berührung gekommen war.

Mein ganzes Leben hindurch hat mich das Gefühl des Einsamseins begleitet, aber ich bin stets davor geflohen, habe mich in die Gemeinschaft mit anderen Menschen geflüchtet, um dank dieser Zufluchtsstätte flott und sicher zu leben. An jenem Morgen verstand ich, wie trügerisch all meine Bemühungen gewesen waren. Da sah ich mich nun vereinsamt in der Welt, einsam im Angesicht Gottes, und ich wußte auf einmal, wie hilflos ich bin! Entsetzliche Angst packte mich. Was bedeute ich schon im Vergleich zu dieser riesigen Welt, die mir zur Wohnung gegeben ward? durchfuhr es mich. Ich bin wie ein herrenloser Hund oder ein verirrtes, lahmendes Reitpferd oder wie ein vom Ast gewehtes Blatt. Ich wandere meines Weges in der Meinung, ich kenne die Richtung, aber das ist törichte Einbildung; denn in Wirklichkeit habe ich keine Ahnung, wo Osten, Westen, Norden und Süden liegen. Mühsam schreite ich aus, ohne auch nur Fußspuren auf dieser grausamen und feindseligen

Erde zu hinterlassen, und vielleicht kehre ich unaufhörlich zu immer demselben Punkt zurück, der nicht gekennzeichnet ist und sich durch nichts hervorhebt. Nur meine wachsende Erschöpfung läßt mich an dem Gedanken Erquikkung finden, daß ich doch auf ein Ziel zustrebe, etwas hinterlasse und etwas anderes mich auf der weiteren Strecke erwartet. Aber wenn ich in die Runde blicke, vorwärts, rückwärts oder zur Seite schaue, sehe ich immer dasselbe: eine unfaßbare, unbeschreibliche Leere, die so gespenstisch ist, daß einem die Haare zu Berge stehen – und das Herz flattert wie ein gefangener Vogel. Denn hier gibt es keinen Wertmesser für meine Anstrengungen, nur Zeit und Raum, nur den alles erfüllenden Gott und mich in seiner steinernen Gegenwart.

Ich erinnere mich noch gut an diesen furchtbaren Morgen. Nachdem ich mich von meiner Liegestatt erhoben hatte, schlug ich Lärm, und in der Tür erschien sogleich mein Leibdiener, ein Mensch ohne jede Grazie, den ich schon seit einigen Jahren mehr aus Bequemlichkeit denn aus Freude bei mir behielt. Er war mir schon seit eh und je unangenehm gewesen wegen seiner angeborenen Grobheit und Blödigkeit. Aber ich bin von ziemlich labiler Natur, und darum schob ich seine Angelegenheit wieder und wieder hinaus. Einen Knecht fortzuschicken ist allemal peinlich für den Herrn. Also blieb er in meinem Hause, ständig ein wenig lauernd und verschreckt. Aber alle Arbeit verrichtete er ordentlich aus Furcht vor Schlägen. Ich wußte genau, daß dieser Diener mich ganz und gar nicht mochte. Doch als er an jenem Morgen auf der Schwelle stand und mit gesenktem Schädel meiner Befehle harrte, empfand ich plötzlich eine unaussprechliche Freude, daß er bei mir war. Und sogleich verließ mich die Angst.

Ich weiß nicht, ob die anderen Ratsmitglieder damals böse Träume hatten. Aber daß sie am Vormittag irgendwie beunruhigt und erregt auf dem Rathaus erschienen, das weiß ich. Wie immer setzte ich mich neben Albert. Graf de Saxe und die Herren Meugne und de Vielle nahmen dagegen so weit entfernt Platz wie nie zuvor. Ich dachte damals, daß man das verstehen wird, und irgendwie neidete ich es ihnen. Aber kann man denn ein vom Wind zerzaustes Gesträuch auf einer Sanddüne mit einer Eiche oder Buche vergleichen? Das Geschlecht derer de Saxe war bereits vor Jahrhunderten dem Boden von Artois entsprossen. Die Herren de Vielle leiteten sich von den Kreuzrittern her, die mit Robert von Flandern ins Heilige Land gezogen waren. Herr Meugne, ein Mann undefinierbaren Alters, hatte unseren Herzog Philipp gewartet, als dieser noch ein Knäblein war. Wie man wissen wollte, hatte Herr Meugne Jean dem Unerschrockenen unbezahlbare Dienste beim Streit mit den Armagnaken geleistet... Wer war schon der ehrwürdige Albert im Vergleich zu diesen Männern? Ein dahergelaufener Italiener! Er hatte Arras mit seinem inbrünstigen Glauben und der Vorbildlichkeit seiner Sitten gezügelt, aber das hatte für diese stolzen Herren, die ihm die Macht übertragen und für sich Unabhängigkeit und Überlegenheitsgefühl zurückbehalten hatten, nichts zu besagen. Ich indessen, ich war bloß der Schüler des ehrwürdigen Vaters, war in seinem Glanz zum Manne gereift. Nicht wenige pflegten mich Alberts besseres Teil oder sein Gewissen zu nennen. Selbst wenn dem so war, kann wohl das Gewissen ohne den Menschen, das Teil ohne das Ganze existieren? Das war der Grund, weshalb ich auch diesmal zur Linken des Vaters saß, während jene fern von uns Platz genommen hatten.

Die Beratungen dauerten an diesem Tag nicht lange. Ein

Prolog ist ja immer kurz, doch dafür inhaltsträchtig. Es wird angekündigt, was da kommen soll. So auch in diesem Falle. Unser ehrwürdiger Vater hob die Brauen und ließ sich vernehmen:

»Ich habe nicht das Recht, so edelgeborene Herren wie Graf de Saxe, Herrn de Vielle und Herrn Meugne zu tadeln. Und ich maße mir dieses Recht auch nicht an. Aber doch kann ich mich eines Staunens nicht erwehren, daß ausgerechnet heute, an einem so feierlichen Tag, die Vornehmsten aus unserer Schar so weit entfernt sitzen, so als fühlten sie sich von irgend etwas unangenehm berührt oder gekränkt. Das muß für die schlichten Menschen hier sehr mißlich sein und ist fürwahr nicht gerade ein Ausdruck christlicher Nächstenliebe!«

Hierauf Graf de Saxe:

»Guter Vater Albrecht! Sein Alter rechtfertigt Herrn Meugne voll und ganz. Er kann schließlich nicht in der Zugluft sitzen. Was Herrn de Vielle betrifft, so leidet er an Blutgeschwüren und muß während der Beratungen hin und wieder mal aufstehen und sich Bewegung schaffen. Folglich, um nicht die anderen zu stören, hat er sich abseits gesetzt.«

Nach dieser Erklärung schwieg Graf de Saxe, Albert aber setzte die Unterredung fort:

»Sehr schön! Und welche Rücksichten haben Euch geleitet, lieber de Saxe?«

»Nun, das bedarf keiner weiteren Erläuterung«, erwiderte de Saxe. »Ich setze mich stets dorthin, wo ich Lust habe, mich hinzusetzen. Nicht zu fassen, was für ein kapriziöses Naturell ich habe! Und immer unterliege ich ihm. So auch jetzt... Noch ein Wörtchen in dieser Sache, und mein kapriziöses Naturell zwickt mich in den Arsch, und ich erhebe mich von meinem Platz und gehe hinaus auf die Straße, ohne mich auch nur vor diesem hohen Rat zu verbeugen ...«

Albert schien mir sehr verärgert, aber er sagte nichts weiter. Äußerst merkwürdig nahmen diese Darlegung Herrn de Saxe' die einfachen Leute auf. Mit furchtsamer Hochachtung schauten sie zu ihm, und wenn er damals irgendwelche Forderungen gestellt hätte, sie würden sie ihm nicht abgeschlagen haben. Ihn aber verlangte ja nur danach, seine hochmütige Exklusivität zu wahren.

Man begann also mit der Beratung, und bevor noch die Mittagsstunde heranrückte, war der Fall bereits abgeschlossen oder – wenn man so will – offen für die Zukunft.

Über Celus bemerkte Albert:

»Es schickt sich nicht, mit aller Entschiedenheit zu behaupten, daß er es gewesen ist, der den Fluch auf das Haus des Damaszeners geschleudert hat. Und doch sollte es dem Rat nicht unbekannt bleiben, daß vor Jahren, während der großen Seuche, niemand anderes als ausgerechnet Celus die Stadt unter besonderen Umständen verlassen hat. Beinah sofort, nachdem die ersten Opfer zu verzeichnen gewesen waren, hatte er sich aus der Stadt entfernt. Einige Leute haben erzählt, daß er, als er zum Tor des heiligen Ägidius hinausging, seltsame Worte vor sich hinmurmelte, und nachdem er die Brücke überquert hatte, wandte er sich dreimal zur Stadt um, wobei er geheimnisvolle Zeichen machte. Unerforschlich sind die Ratschlüsse Gottes! Wir haben viel erduldet, und niemand hat um dieser Heimsuchung willen die Himmel gelästert. Denn jeder verstand, daß durch den Satan das Unglück auf Arras herabgestürzt ist. Gott ist mächtig, aber der Satan ist es auch. Wir mühen uns, aus der Stadt alles zu tilgen, was die Gegenwart höllischer Mächte begünstigen könnte. Aber es wäre lästerlich zu meinen, Arras gehöre ausschließlich Gott an. Die Stadt ist wie ein Schlachtfeld, wie ein Territorium um dessen Eroberung der Kampf zwischen Himmel und Hölle tobt. Gott hat hier seine Bundesgenossen, das ist gewiß ... Aber hat nicht auch der Teufel die seinen? Und wer anders könnte in Arras Bundesgenosse und Söldling des Satans sein, wenn nicht die, die mit Gott nichts zu schaffen haben, die nicht den Lehren der heiligen Kirche gehorchen und sich verächtlich von den Sakramenten abwenden? Sollte der Satan sein Netz nicht am liebsten nach denen auswerfen, die die Nachfahren des pharisäischen Samens sind? Während in anderen Städten Brabants sowie des gesamten Herzogtums die Juden jeglicher Vorrechte beraubt sind, erfreuen sie sich bei uns häufig einer größeren Freiheit als wir selber. Denn wir, wir neigen die Stirn vor den Geboten Gottes, sie aber beugen den Nacken nicht einmal vor den allerheiligsten Reliquien. Und trotzdem teilte während der Seuche Graf de Saxe die Nahrungsmittel einem jeden zu, ohne seiner Abkunft Beachtung zu schenken. Den Juden wurde weder Speise noch Schutz, ja nicht einmal ein anständiges Begräbnis verwehrt. Merkt auf, was daraus folgte! In Gent und Utrecht, wo die Sünde hundertmal verbreiteter ist als in Arras, kam es zu keinem Unglück. Wir aber sind bis auf den Grund hinabgesunken. Wo liegt die Ursache? Muß man nicht annehmen, daß wir in den Mauern unserer Stadt dem Satan zu hausen erlauben, daß wir ihm eine Schonung angedeihen lassen, die Gott mißfällt? Von uns sind so viele von Hunger und Pest dahingerafft worden, daß man mit dem Gräberschaufeln nicht nachkam. Und die Juden? Ich bestreite nicht, daß auch sie etliche Leute verloren. Aber wie anders ... Man sagt, daß sie das ihrem Irrglauben verdankten. Sie hockten in ihren Häusern am Stadtrand, am Westtor, durch die Wache vom übrigen Teil der Stadt abgesondert. Und wenn man ihnen zu essen gab, vollführten sie besondere Kunststückchen, ehe sie sich entschlossen, das Dargereichte zu verzehren. Woher die Gewißheit, daß das nicht alles auf Geheiß des Teufels geschah? Woher die Gewißheit, daß sie nicht die Sendboten der Seuche waren, Sendboten, die der Satan zu retten beabsichtigte, um Arras später zu seiner Residenz zu machen? Stellt euch vor: die ganze Stadt ausgestorben und nur jene – jene Handvoll Teufelsverbündeter – gerettet! Die Kirchen besudelt, die Kreuze niedergetreten, die Tore von Arras weit offen für alles Unrecht ...«

Hier unterbrach Farias de Saxe Alberts Redeschwall:

»Ehrwürdiger Vater«, sprach er laut und vernehmlich. »Jenen Leuten die Schuld am Ausbruch der Seuche aufzubürden, ist unrecht. Die Pest befällt bisweilen auch Städte, die nie eines Juden Fuß betreten hat. Nichts deutet darauf hin, daß sie die Verantwortung für das tragen, was wir erlebt haben.« Albert nickte.

»Ich mache sie nicht zu Schuldigen«, sagte er sanft. »Ich behaupte nur, daß ein jeder zum Werkzeug des Satans werden kann. Und sollte es für den Teufel nicht leichter sein, eine jüdische Seele zu umgarnen und aus ihr eine Waffe des Verderbens für die rechtschaffenen Christen zu machen? Na, sagt selber, Graf de Saxe!«

De Saxe seufzte tief, schwieg lange; endlich meinte er:

»Das stimmt schon, daß der Jude, der ja von den Lehren der göttlichen Kirche ausgeschlossen ist, leichter den höllischen Einflüsterungen erliegt. Aber schließlich ist auch der Jude ein Geschöpf Gottvaters, und daher kommt ihm zumindest eine Prise unseres Vertrauens zu ...«

Der Bäcker Mehoune fiel de Saxe ins Wort:

»Man erzählt, daß sich während der Seuche am Westtor dreiköpfige Hunde, Ausgeburten der Hölle, gezeigt haben. Die überfielen die Christen, die des Wegs kamen, und schleppten sie den Juden zum Schmaus hin.«

»Dreiköpfige Hunde«, mischte sich der Tuchmacher Yvonnet ein, »sind Diener des Teufels. Das weiß schließlich ein jeder.«

Und wieder ein anderer fügte aufgebracht hinzu:

»Es kann nicht sein, das Gott grundlos die gute Stadt Arras so hart bestraft hat. Nicht infolge himmlischer Ursachen geschah das alles, sondern auf Grund von Teufelskünsten. Wer auf der Welt hätte je gesehen, daß sich fromme Menschen auf solche Abscheulichkeiten und Untaten einlassen, wie wir alle es im Jahr der Seuche und des Hungers getan haben? Wohlanständige Bürger schnitten sich gegenseitig die Innereien heraus, um sich mit frischem Fleisch zu sättigen. Wären unsere Herzen dazu fähig gewesen, wenn nicht der Teufel sein Netz über unsere Stadt ausgeworfen hätte? Die unglückselige Kindesmörderin, die seinerzeit auf Befehl des guten Herrn Albert geköpft wurde, ward zum Wahnsinn getrieben, den man ohne das Wirken unreiner Kräfte nicht zu fassen vermöchte. Schaut doch heute umher... Wer von uns hegt schon gegenüber seinem Nächsten ein Gefühl des Hasses, des Zornes oder der Verachtung? Wir sind gute Menschen, in unseren Herzen wohnt Jesus Christus. Aber damals? Jeder wetzte das Messer, um damit dem Nachbarn die Kehle durchzuschneiden... Wem soll man das zuschreiben, wenn nicht den Teufelskünsten, die als Folge des jüdischen Fluches Gewalt über die Stadt bekamen?«

»Worauf willst du hinaus?« fragte Albert.

»Herr«, antwortete jener, »ich habe Angst, daß sich aus

unserer Milde von neuem ein Übel für die Stadt ergeben könnte. Schon einmal ließen wir uns von satanischen Gelüsten übermannen. Du sagst, es ist nicht erwiesen, daß der Jude Celus das Haus des Tuchmachers verflucht hat, weshalb diesem ein Pferd edlen Geblüts verendet ist. Aber vor drei Jahren wurde ebenfalls nicht erwiesen, aus welchen Gründen uns das Vieh verreckt ist. Damals sprach man von einem bösen Zufall oder von göttlicher Strafe. Wofür denn die Strafe? Hat die Stadt Arras gesündigt? War sie nicht von den erhabensten Gefühlen und von Gottesfurcht beseelt? Niemandem wäre es damals auch nur in den Sinn gekommen, daß das Vieh auf Grund von jüdischen Verwünschungen krank werden könnte. Man hielt es für ein Werk des Schöpfers, für einen Wink des Schicksals, einen himmlischen Richterspruch, dem man sich nicht entgegenstellen kann. Wir hoben unsere Hände auf zum Gebet und ertrugen demutsvoll die schwersten Prüfungen. Aber sollen wir auch heute so handeln? Darf man die Stadt nur darum dem Verderben preisgeben, weil wir Celus seine teuflischen Praktiken nicht nachweisen können?«

Und wieder fragte Albert:

»Worauf willst du hinaus, Freund? Sprich offen.«

Jener aber rief: »Herr, wir dürfen die Stadt dem Teufel nicht zur Beute geben. Die Gemeinde soll sich für all ihre Schandtaten verantworten!«

»Die Gemeinde soll sich verantworten!« schrien auch alle übrigen, und am lautesten schrie der Bäcker Mehoune.

Da sprach Albert:

»Wenn das aber nicht Judenwerk war und wir unschuldigen Mitbürgern schweres Unrecht zufügen?«

»Dann wird uns Gott vergeben, weil wir um der Errettung unserer Seelen willen so gehandelt haben«, erwiderte tiefernst der Tuchmacher Yvonnet.

Albert blickte in die Runde und ließ dann die Augen auf mir ruhen.

»Jean, teurer Freund«, sagte er. »Wie ist deine Ansicht?«

»Guter Vater«, erwiderte ich. »Yvonnet stellt die Sache richtig dar. Was kann es für einen Christen Wichtigeres geben als den Kampf um die Errettung der Seelen? Und falls wir irren sollten, wird Gott uns zugute halten, daß unsere Intentionen achtbar waren. Es zeugt von unserer Demut, daß wir noch immer zögern.«

Nachdem ich so gesprochen hatte, erhoben sich de Saxe, de Vielle und Herr Meugne von ihren Plätzen und verließen den Saal.

»Sollen sie ihrer Wege gehen«, sagte Albert. »Sie sind so große Herren, daß sie sich allein, ohne die Hilfe des Rates, um die Erlösung kümmern können.«

Am Morgen des darauffolgenden Tages präsentierte die Stadt Arras der Gemeinde des Alten Bundes die Rechnung.

Der erwachende Tag war ziemlich neblig und trübe, was um diese Jahreszeit eigentlich nicht erstaunen sollte. Und dennoch war es gerade der Nebel, der es bewirkte, daß die Leute geneigter waren als sonst, nach irgendwelchen Zusammenhängen mit der Zeit der Seuche zu suchen. Wie ich bereits erwähnt habe, war in jenem Jahr die Stadt unaufhörlich von Nebeln eingesponnen, und bei Tag war es zwar heiß, doch des Nachts überzog sich das Wasser in den flachen Brunnen mit einer dünnen Eisschicht. Aber schließlich war seinerzeit die Seuche im Frühjahr ausgebrochen, und jetzt war Herbst, und das, was damals seltsam anmuten mochte, mußte man um diese Jahreszeit als etwas ganz Normales ansehen. Doch die menschliche Natur ist im Grunde äußerst schlicht. Sie sucht unablässig und furchtsam nach Zeichen als Stütze für das Gewissen. Denn worauf beruht schließlich und endlich unser ganzes Leben, wenn nicht auf dem Verlangen, jede unserer Taten zu rechtfertigen? Da es die Stadt nun einmal für richtig befunden hatte, endgültig einen Schlußstrich unter die jüdischen Machenschaften zu ziehen und so Arras vor dem Satan zu bewahren, suchte ein jeder in seiner nächsten Umgebung nach einer Stütze, einer Hilfe, einer Ordnungsmaxime. Und keiner strebte zum Tempel des Herrn, so als ahnte man bereits, daß im Glauben selbst jene Rechtfertigung nicht mehr zu finden war. Der Glaube dauerte im Herzen fort, doch er war plötzlich verstummt, übertäubt von dem Bedürfnis nach Gerechtigkeit und Mannestat.

Bleich und kühl, wie in ein Tuch gehüllt, stand die Sonne über Arras. Wolkenfetzen segelten tief über die Stadtmauern dahin; man konnte glauben, Schwärme großer feindseliger Völker flögen uns entgegen. Man befahl, die Kirchenglocken zu läuten; die ganze Stadt hallte wider von ihrem dröhnenden Schlag. Aber an diesem Tag hatten selbst die Glocken einen sonderbaren Klang. Zum Beispiel die Glocke des heiligen Fiacrius: stets hatte sie rein und ehrwürdig geklungen, heute tönte sie dumpf und gepreßt, als leiste irgend etwas in ihr Widerstand. Die Glöckner berichteten später, daß beim ersten Schlag ein Schwarm Dohlen aus dem Glockenkelch geflogen sei; danach stürzten die Körper getöteter Vögel in die Tiefe herab. Das war ein sichtbarer Beweis dafür, daß finstere Mächte versucht hatten, die Glocke des heiligen Fiacrius zum Verstummen zu bringen.

Noch bevor es Nachmittag geworden war, brannte der Jude Icchak wie eine Fackel.

Menschen verschiedenen Standes traten an ihn heran, ruhig und voller Entschlossenheit. Es ging ohne Drohungen und Geschrei ab. Man erzählte mir nachher, daß die Gemeinde in aller Demut ihren Abgesandten ausgeliefert hatte. Er hatte sich in der Menge zum Richtplatz begeben, ohne den geringsten Widerstand zu leisten. Holz und Reisig wurden herbeigeschleppt und um einen Pfahl herum aufgeschichtet. Man band Icchak auf durchaus anständige Weise an den Pfahl, um ihm unnötiges Leiden zu ersparen. Sie legten ihm einen Strick um den Hals, aber lose, einen weiteren um Brust und Arme sowie um die Schienbeine. Als der Scheiterhaufen aufflammte, schwiegen die Leute – anders als sonst. Jeder war von dem Gedanken gefangengenommen, Zeuge des ungewöhnlichen Augenblicks zu sein, da der Teufel, seiner leiblichen Hülle ledig, in die Hölle zurückkehren muß. Eine furchtbare Stimme war aus den Flammen vernehmbar. Die einen behaupteten, die Stimme des Teufels erkannt zu haben, andere zweifelten daran. Was mich betrifft, so glaube ich, daß der gequälte Jude in der Stunde des Todes laut gerufen hat. Als der Scheiterhaufen erloschen war, besah man sich den Leichnam. Das war in der Tat eine Sehenswürdigkeit: der Jude war vom Feuer fast unberührt. Nur die Schuhe waren restlos verbrannt, die Kleidung, die zuvor schwarz gewesen war, hatte eine rötliche Färbung angenommen und war zerfallen; Bart- und Haupthaare waren verschwunden, waren restlos zu Asche geworden. Doch auf dem Körper hatten die Flammen keine Spuren hinterlassen; er wies nur merkwürdige rote Flecken auf, die darauf hinzudeuten schienen, daß sich aus dem Inneren dieses Menschen etwas zu befreien gesucht hatte.

Die Haut war hier und da aufgeplatzt – also sagte man, der Teufel, der in seinem Leibe steckte, habe mit den Hörnern die Brust des Juden aufstoßen wollen, habe jedoch nicht genug Kraft besessen, um herauszukriechen, und so seien sie zusammen zur Hölle gefahren.

Im Namen des Vaters und des Sohnes und des Heiligen Geistes. Amen. Ich persönlich glaube nicht an diese Erzählungen. Doch an jenem Tag – ich gestehe es – war ich bereit, ihnen Glauben zu schenken. Später jedoch geschahen noch so viele menschliche Dinge, an denen mit Sicherheit weder Gott noch der Satan teilgehabt haben, daß ich heute glaube, Icchak hatte mit der Hölle nichts gemein. Wenn ich mich irre, mag Gott mir diese Sünde vergeben ...

Was für eine grauenvolle Nacht folgte auf diesen Tag! Die Sonne ging mit Macht unter; das ganze Himmelsgewölbe schien in Blut getaucht. Ein warmer, böiger Wind wehte und trieb die schwarzen Wolken vor sich her. Obwohl die Dämmerung bereits hereingebrochen war, füllte das Volk noch immer die Straßen. Fackelschein erhellte die Gesichter, holte sie als weiße, gleitende Flecke aus dem Dunkel hervor. Offenbar würde es in dieser Nacht zur Entscheidung kommen! Ununterbrochen läuteten die Glocken, Gefahr verkündend wie zu Zeiten des Krieges oder der Pest. Vom heiligen Ägidius zog singend eine Prozession aus, an ihrer Spitze scharten sich die Geißler, die gellende Schreie ausstießen. Männer und Weiber waren bis zum Gürtel entblößt. Über ihre Rücken strömte das Blut. Jeder hieb auf seinen Vordermann ein. Die geflochtenen Riemen pfiffen durch die Luft. Wer hinstürzte, wurde so lange geschlagen, bis er reglos am Boden liegenblieb. Die

Prozession schritt über blutdurchtränkte Erde, watete durch zusammengeballtes, rostrotes Stroh und durch Dreck, stolperte über Steine. Noch immer stand der Jude Icchak am Pflock auf dem Richtplatz.

Ich hatte mir auf den Kirchenstufen einen Platz gesucht und betrachtete mit Grauen das sich mir darbietende Schauspiel. Dabei fing ich das Gespräch zweier Männer auf, die im Schatten der Vorhalle, nicht weit von mir, für einen Moment verweilten. Der eine von ihnen sagte: »Mathieu, guter Nachbar! Mir gefällt nicht, was wir da machen. Ich weiß nicht, darf man denn im Namen Gottes töten?« – »Schweig!« entgegnete der andere scharf. »Wer solche Zweifel hat, kann mein guter Nachbar nicht sein ...« Darauf wieder der erste: »Wie ist das, Mathieu ... Der Herr Jesus hat am Kreuz für uns alle gelitten. Und als er unter Martern starb, hat er gesagt: ›Herr, vergib ihnen, denn sie wissen nicht, was sie tun!‹ Geziemt es sich denn, daß der Mensch, wo doch Gott solche Worte gesprochen hat, den anderen Menschen gnadenlos verdammt?« Der andere Mann, der Mathieu gerufen wurde, erwiderte verächtlich: »Gott kann machen, was ihm gefällt. Ein Mensch, das ist ganz was andres. Arras muß von allen Teufeleien gereinigt werden. Denn was, außer dem Himmel, ist für uns das Kostbarste, wenn nicht die Stadt?« Jener, der die Skrupel hatte, schwieg lange, endlich ließ er sich vernehmen: »Ich sehe, du hast recht, Mathieu. Verurteile mich nicht für das, was ich gesagt habe. Ich bin sehr froh darüber, daß du mich tadelst. Ich sag schon nichts mehr!« Darauf der zweite großmäulig: »Und denken wirst du auch nicht?« – »Versteht sich, Mathieu, versteht sich. Denken werd' ich auch nicht mehr. Ich hab jetzt richtig Lust, in einen jüdischen Kochtopf zu spucken.« Und beide gingen hurtig davon.

Ich vermag nicht zu erklären, wie es kam, daß ich ihnen nacheilte. Sie drängten sich durch die Menge auf dem Markt und liefen dann weiter in Richtung Westtor, wo das Volk der Juden wohnte. Sie waren nicht die einzigen dort. Ringsum herrschte Dunkelheit, aber es hatte sich viel Volks eingefunden. Schweigend umstand es die jüdischen Anwesen. Die Haustore waren fest verriegelt, kein Laut war zu hören, so als fürchteten die Bewohner dieser Häuser, ein Unglück heraufzubeschwören.

Da auf einmal rief der Mann, den Mathieu zurechtgewiesen hatte: »Wo ist der Älteste der Gemeinde? Er soll herauskommen zu den Bürgern der guten Stadt Arras!«

Schweigen antwortete ihm. Also rief er von neuem, und nach und nach folgten andere seinem Beispiel. Das war besser als die vorangegangene Stille. Die Menge begann sich zu regen; so als ob die Versammelten plötzlich erwacht wären, fühlten sie, daß sie Beine, Arme, Köpfe, Schultern hatten ... Ein paar rückten, den Weg mit Fackeln erhellend, ins Gäßchen vor. Die Fackeln knisterten feindselig, immer wieder versprühten sie Funken, die in den Pfützen verloschen. Auf einmal faßte ein Büschel Erbsenstroh Feuer. Die Flamme schoß in die Höhe und erleuchtete die ganze Straße.

»Teufel, Teufel!« schrie irgendwer in der Menge. Furchtsam zogen sie die Köpfe ein, dann aber – wie eine Meereswelle einen Erdwall durchbricht – stürzten sie sich nach vorn.

»Der Älteste der Gemeinde!« riefen sie. »Wo ist der Älteste der Gemeinde?«

Die jüdischen Häuser schwiegen bang. Nicht das leiseste Geräusch drang nach außen.

Als für einen Moment die Stille der wogenden Menge in

sich zusammensackte, drang plötzlich Pferdegetrappel an unser Ohr. Im Schein des hochauflodernden Feuers erblickten wir einen Reiter in dunklem Umhang auf einem braunen Pferd, das aus einem Gehöft hervorsprengte und in Richtung Westtor davongaloppierte. Einige Bürger verstellten ihm den Weg, packten das Pferd beim Zaumzeug, klammerten sich an seinen Hals. Andere zerrten den Reiter zu Boden. Sie schleiften ihn über das Stroh der Straße und traktierten ihn mit Fußtritten.

»Er wollte aus der Stadt fliehen!« riefen sie. »Das ist der Überläufer, der die gute Stadt Arras an den Teufel ausliefern wollte ...«

Der Jude schwieg. Als sie mit ihm auf dem Marktplatz ankamen, gab er kein Lebenszeichen mehr von sich. Dennoch band man ihn an einen Pfahl, Schulter an Schulter mit Icchak. Und wieder wurde ein Scheiterhaufen angezündet. Als die Flammen emporschossen, schrien die Leute noch immer:

»Da haben wir den Bundesgenossen des Satans, der die Tore von Arras allem Unrecht öffnen wollte ...«

Gewaltsam drangen nunmehr die Bürger in die Gehöfte der Juden am Westtor ein. Ein unbeschreibliches Lamento stieg zum Himmel auf, wo hier und da schläfrig ein Stern blinzelte. Ich entfernte mich und ging zur Kirche des heiligen Ägidius. Dort, im düsteren Kirchenschiff, war kein einziger Mensch. Ich kniete auf dem Stein nieder und betete voller Inbrunst.

IM NAMEN DES VATERS UND DES SOHNES UND DES HEILIGEN GEISTES. AMEN. Meine Herren! Erwäget recht, was ich euch jetzt sage. Ich bin in Brügge ein Ankömmling aus einer anderen Welt. Eure Stadt gilt als ein Musterbild sämtlicher Tugenden, obschon es hier – wie ihr selbst sagt – weniger Liebe und Gottesfurcht gibt als Waren zum Verkauf. Ihr gehört zu der besonderen Art von Menschen, die Tage und Nächte in dämmrigen Kontoren oder inmitten kreischender Segelschiffe im reichen Hafen zubringt. Ihr pflegt den Verkehr mit so weitentfernten Ländern, von denen die Menschen in Burgund nicht einmal eine Ahnung haben. Auf euren Tischen häufen sich die seltsamsten Gewürze, Blumen und Früchte, die in den Herzen der Bürger meines fernen Herzogtums ganz bestimmt Furcht hervorrufen würden. Ihr zieht hinaus in die weite Welt und kennt Erdbewohner gelber, brauner, schwarzer und blauer Hautfarbe. An so vielen Wundern und Greueln habt ihr euch ergötzt, daß der Glaube an den Teufel schon keinen Platz mehr in euch hat. Wir gehören unterschiedlichen Welten an.

Nachdem ich das Tor eurer Stadt, das mir so gastlich offenstand, hinter mir gelassen hatte, lenkte ich meinen Schritt als erstes zu den Reliquien der heiligen Ursula. Und ich war – o Wunder! – der einzige Mensch seit vielen Jahren, der einzige Mensch, der an diesem heiligen Altar ein Gebet gesprochen hat.

Brügge ist eine hochachtbare Stadt, und ich neige mein Haupt vor eurer Klugheit, eurem Unternehmungsgeist und Reichtum; aber glaubt mir, niemals werden wir uns bis ins letzte verstehen! Da mich die saftigen Wiesen Brabants und die Lehren der heiligen Kirche großzogen, segeltet ihr durch ferne Meere. Da ich fastete und Buße tat, schildertet ihr eure Abenteuer auf zauberischen Inseln, im Lande der Winde oder gar an den Grenzen des Kalifenreiches. Da ich treu auf Seiten der Herzöge stand, hattet ihr genügend Mut und Stärke, die Herzöge zu kränken. Ich bin euch dankbar für die Zuflucht und voller Demut, darum, daß es jetzt an mir ist, in dieser herrlichsten Stadt unter der Sonne zu leben. Dennoch besitze ich einen Schatz, der euch nicht gegeben ward. Ich, ja ich, habe die Stimme Gottes und des Satans vernommen. Ich habe mit Himmel und Hölle Umgang gepflogen, habe an mir selbst erfahren, was das heißt: Kampf um die Erlösung der Seele. Ich habe so viele Leiden, Aufschwünge und Zusammenbrüche durchgestanden, daß ihr überhaupt nicht fassen könntet, was mein Herz alles zu fassen vermag.

Meine Herren! Ich will euch nicht die Illusionen rauben: doch nicht der ist in Wahrheit frei, der es ist, sondern der, der es zu sein verlangt. Brügge ist eine große, reiche Stadt, aber Gott hat ihr den Niedergang erspart, sie kann also nie zu wahrer Hoheit gelangen. Ihr habt stets auf eure Karten, Schiffe und Kapitäne vertraut. Ein gutes Vertrauen, aber es führt nicht zur vollen Erlösung. Ich habe gehört, daß ihr in Brügge die Leiber eurer Verstorbenen zerstückelt, um herauszufinden, was sich im Menschen verbirgt. Wir in Arras haben dasselbe getan, aber zu einem anderen Zweck. Uns hat der Hunger geleitet, nicht die Neugier. Und eben darum wissen wir hundertmal mehr über den Menschen!

Hört mir aufmerksam zu! Denn das kann euch von Nutzen sein, wenn nicht heute, so doch morgen... In jener Nacht, da Arras vom Tumult des großen Gemetzels widerhallte, redete ich mit Gott und dem Teufel. Im matten Schein der Fackeln und Öllampen unterredete ich mich, einsam und verdammt, mit diesen zwei.

All die Jahre hindurch hatte der ehrwürdige Albert stets von neuem betont, daß ich der Stadt Arras Dankbarkeit schulde, weil sie mich zum Gipfel des Erfolgs emporgetragen habe. Ohne sie wäre aus mir nichts weiter als ein elender Höfling Davids geworden, oder ich hätte mir in irgendeiner einträglichen Abtei eine Glatze geholt. Arras hatte mich zum Mitbeherrscher aller Menschen, Tiere, Pflanzen, Waren und Güter gemacht, die sich innerhalb seiner Mauern befanden. – Als Entgelt dafür verlangte man so wenig: daß ich den Gesetzen treu war und die Stadtprivilegien wahrte. Bei Gott, ein erbärmlich niedriger Preis für einen so schönen Lebenslauf!

Gute Herren, jetzt horcht auf! Was bedeutet euch die Stadt? Was ist sie in euren Träumen? Wenn einer unter euch von Brügge träumt, erscheint es ihm im Knirschen der Schiffstaue, im Geruch von Tang und Fisch. Über seine Dächer fliegen hurtig die Möwen dahin; alles ringsum ist in Bewegung, ist voller Getriebe eines unaufhörlichen Nachforschens und Auskundschaftens. Brügge ist wie ein Vogel, während Arras wie ein Baum ist. Ein jeder dort fühlt tief in seinem Inneren die Wurzeln dieses Baumes, so wie jeder von euch die schwebende Leichtigkeit und Freiheit eines Zugvogels in sich spürt.

In jener Nacht in der Kirche des heiligen Ägidius marterte mich die Frage: Wie ist meine Stadt? Ich wollte Arras unbedingt in der vollen Entfaltung seiner Sünden und Tugenden schauen. Der Widerhall von Mord und Totschlag drang an mein Ohr und mich schauderte vor Angst und Schmach. Siehe, das ist deine Stadt! sprach ich zu mir selber. Aber glaubt mir, es war Gott, der da zu mir redete. Doch bald schon meldete sich auch der Teufel zu Wort. »Es gibt keine andere Stadt«, sprach er, »als die Stadt, deren Name Wahrheit heißt.« – »Was aber heißt Wahrheit?« fragte ich verstört. Da hörte ich wieder Gottes Stimme:

»Ich habe Abraham befohlen, aus Ur fortzugehen, die eigene Stadt im Stich zu lassen, damit er kein anderes Verlangen mehr habe als nur noch das Verlangen nach Gott. Ich habe Abrahams Wurzeln aus seiner eigenen Erde herausgerissen, damit er kein anderes Land habe als Gottesland.«

Was hat das zu besagen? grübelte ich und schlug mit der Stirn auf die kühlen Steine des Fußbodens. Und da erlauschte ich das Geflüster des Teufels: »Jean, wohne in einer Stadt, deren Name Jean ist!«

Die Fackeln waren nach und nach erloschen, das ganze Gotteshaus füllte sich mit dem bitteren Geruch von Pech. Ich befand mich im Dunkeln, nur vom Altar her warf das matte Ewige Licht einen flackernden Lichtstreif in die Finsternis. Ich hatte Angst, ich sterbe und tauche in dieser Finsternis unter, ohne eine Antwort auf die schrecklichen Fragen erhalten zu haben. Was, wenn meine Seele entflieht? Ob die Bahn, die zum Himmel führt, außerhalb der Mauern von Arras beginnt oder eben gerade hier, mitten im Gejohle meiner Mitbürger ihren Anfang nimmt? Hier, im Glimmen des allmählich verlöschenden Scheiterhaufens, im Radau und im Gewieher scheuender Pferde, in den fieberhaften Gebeten und dem Gestöhn der Geißler vor den Kirchenportalen?

Ach, ich habe ja gewußt, daß die Bürger von Arras böse handelten, daß sie ein Opfer ihrer Roheit geworden waren. Aber schließlich hatte ich teil an ihrer Verzweiflung und an ihrer Läuterung. Durfte ich denn meine persönlichen Wahrheiten über den Willen der Stadt stellen? Mir ging durch den Kopf, immer wieder, daß mich diese nichtendenwollende Nacht entsetzlich schmerzte, und dieser Gedanke brachte mir wiederum Linderung. Wenn ich ob der Unvollkommenheit von Arras litt, dann hieß das doch, daß ich an ihr hing.

Beurteilt mich nicht allzu streng! Ich gehöre zu denen, die zumindest so vernünftig sind, das Gefühl der Dankbarkeit abschütteln zu können. Nicht darum liebte ich Arras, weil es mich kleidete, mir Speise und Trank gab und mir ein ordentliches Stück Macht in meine Hände gelegt hatte, sondern weil es unglücklich war. Wenn es so mit der Stadt stand, mußte man eben zusammen mit ihr die Träume erproben. Nicht Arras war schuld, sondern Gott!

»Jesus Christus!« schrie ich, und die Tränen liefen mir übers Gesicht. »Verschone diese Stadt. Schicke Arras nicht die große Sorge um die Zumessung von Gerechtigkeit herab; denn nichts ist furchtbarer als dieses Richten. Erlaube dieser Stadt, wie einst ihre Bildteppiche zu weben, Herden aufzuziehen und der Erlösung zu vertrauen. Wenn sie diesen Weg nehmen, auf dem die Scheiterhaufen lodern, wird das Feuer alle verzehren, weil das heiße Verlangen nach Rechtfertigung mächtiger ist als die Gier nach einer Frau. Christus, bewahre die Stadt Arras ... Es sei denn, du willst sie zum Opfer deines Abscheus für das Menschengeschlecht machen. Doch in diesem Falle, gibt es da nicht tausendmal unwürdigere Menschen, Städte, Länder?«

Nachdem ich so gebetet hatte, meinte ich zu hören, wie Gott leise und sanft, so als spräche er zu einem launenhaften, törichten Kinde, sagte: »Woher die Gewißheit, daß die Stadt Sodom unwürdiger war? Lebte doch in ihr der Gerechte Lot!«

Nein, sagte ich mir – oder vielleicht redete auch der Teufel in meinem Herzen? –, ich werde nicht der Lot dieses Sodom sein. Ich bin stark genug, um Arras, doch nicht stark genug, um Gott tragen zu können.

In diesem Moment betraten Männer die Kirche, unter ihnen der Tuchmacher Yvonnet.

»Da ist ja Herr Jean!« rief er aus, als er mich auf Knien erblickte. »Wie das? Die Stadt bebt in ihren Grundfesten, Ihr aber verbergt Euch in der Kirche? Der gute Herr Albert hält Gericht über den Ältesten der Gemeinde. Es ist vonnöten, daß auch Ihr Euer Steinchen werft...«

So ging ich mit ihnen aufs Rathaus. Weder Graf de Saxe noch Herr de Vielle noch Herr Meugne waren anwesend. Als die Reihe an mich kam und man mich fragte, was meine Meinung sei, erwiderte ich mit fester Stimme:

»Schuldig!«

Und ich habe damit durchaus nicht gesündigt. Die Tugend der Treue kann sich nicht gegen das Heil kehren.

Doch kommen wir wieder zur Sache. Ich habe hier nicht über mich, sondern über die Stadt Arras und ihre Bewohner zu sprechen.

Es dämmerte schon, als das Urteil fiel. Ich ging hinaus auf den Markt und stieß dort auf den Vogt des Herrn de Saxe, der auf mich gewartet hatte. Er sagte leise: »Graf de Saxe bittet Euch zu einer Unterredung.«

»Was ist geschehen?« fragte ich.

»Das weiß ich nicht.«

Also gingen wir. In den Straßen trieben sich die Menschen herum. Dieser oder jener war, nach den furchtbaren Strapazen der Nacht, unter einer Regentraufe, im Hausflur oder auf den Kirchenstufen eingenickt. Vom Westtor wehte Brandgeruch herüber. Dort hatte man einige Häuser in Flammen aufgehen lassen. Unterwegs stießen wir auf zwei Grüppchen – erschöpft, in abgerissenen Kleidern. Der Vogt schloß die Augen. In seinem feisten Gesicht gewahrte ich einen Ausdruck von Furcht und Ekel. Als wir an Ort und Stelle waren, verschwand der Vogt sogleich.

Farias de Saxe erwartete mich im Garten. Eine hohe Mauer schützte seinen Besitz. Hier herrschte Stille, und die an diesem Tage kalte Luft schien hier lau und duftgeschwängert.

»Reitet zu Bischof David!« sprach Farias, während wir zwischen üppigem Strauchwerk einen schmalen Pfad entlang spazierten. »Das alles darf nicht ohne sein Wissen geschehen ...«

»Die Stadt wünscht den Besuch des Bischofs nicht«, erwiderte ich.

Er schaute mich von unten her kummervoll an.

»Jean!« wiederholte er. »Mach dich auf nach Gent. So oder so, hier geht es um Hexerei. Ohne einen geistlichen Führer darf die Stadt keine Urteile fällen.«

»De Saxe, mein Freund«, sagte ich behutsam. »Wir haben hier unsere Rechte und Privilegien, die wir nicht der bischöflichen Habsucht opfern dürfen.«

»Wenn es um Gärten, um Vieh oder Getreide ginge, hättest du recht, Jean. Aber hier geht es um Seelen. Niemand hat der Stadt das Recht gegeben, in Sachen Hexerei oder Häresie Gerichtsurteile zu fällen ...«

Ich schwieg still, er aber sprach weiter:

»Ich habe dich gerufen, denn wer könnte ein besserer Gesandter an den Hof Davids sein? Nur dir wird der Bischof Gehör schenken. Und auch das weiß ich: du sprichst offen aus, was du über all diese Schandbarkeiten denkst. Ich bin nicht mehr jung, daher begreife ich wohl, welch schwerer Kampf sich in deinem Herzen abspielt. Viel verdankst du der Stadt ... Aber denk doch nach ... Gott ist unser Vater, und die heilige Kirche ist unsere Mutter. Eine

Mutter sollte zu ihren Kindern besonders gütig sein – dabei ist sie nun grausamer als der Vater selber. Darf man das zulassen? Man hat mir berichtet, daß heute nacht viele Menschen umgekommen sind und die Judenhäuser in Flammen gestanden haben. Es stimmt schon, sie sind uns fremd. Auch daß in ihren Herzen mehr Böses steckt als in Christenmenschen, stimmt! Und dennoch – verbünde dich nicht mit den Anhängern der Gewalt! Das ist es, was ich dir sagen wollte.«

Ich antwortete:

»Farias, sofern dergleichen in Arras geschieht, muß es offenbar geschehen. Denn es ist Gott, der unsere Taten lenkt.«

»Nein!« schrie de Saxe zornig und verzweifelt. »Er hat uns Verstand, einen Willen und Gottesfurcht gegeben. Frag Gott, und er wird dir zur Antwort geben, daß du in der Stadt bleiben und dich ihnen anschließen kannst, daß du aber auch zu David reiten kannst – ganz nach eigener Wahl!«

»In Gott ruht die Hoffnung«, erwiderte ich leise.

Farias de Saxe holte ein kurzes Messer hervor und hieb einen Zweig von einem Erlenbusch. Der klebrige Saft rann ihm über die Hand und tropfte auf die Erde. Der Graf sprach wie zu sich selber:

»Du bist nicht der erste, Jean, und du wirst auch nicht der letzte sein ... So geht's zu unter der Sonne. Ich habe mal von einem Weibe namens Margarete gehört, das in fernen Zeiten lebte; die Frau, sie glaubte, ihre Seele sei völlig von Gott aufgesogen. Sie konnte also nicht mehr sündigen, weil Gott selber ihre Taten lenkte. Wie man berichtet, war sie eine hochachtbare Person, obschon man sie in Paris wegen anstößiger Häresie verbrannt hat. Es gab noch andere. Sie alle behaupteten, so in Gott aufgegangen zu sein, daß jede ihrer Gesten, jeder Schritt, jedes Wort ein Ausfluß göttlichen Willens sei. Wenn sie tränken, trinke Gott durch ihre Lippen. Wenn sie vergewaltigten, lenke Gott durch Tollheit ihr Geschlecht. Wenn sie töteten, erhebe Gott ihre Schwerter zum Stoß. Nun, sag selbst, kannst du dir eine süßere Entäußerung deines Ichs vorstellen? Der Mensch gibt in allem seinen Launen nach und bleibt doch rein wie ein Kind, denn man ist ja nur ein Werkzeug Gottes ... Du sagst, es sei himmlischer Wille, was jetzt in Arras geschieht. Soll sich doch Gott über das vergossene Blut grämen und sich selber seine Sünden vergeben ... wie ich dich beneide! Denn was mich angeht, ich erbebe bei jedem Schrei, der mich von der Straße her erreicht. Meinst du wirklich, daß irgend etwas außerhalb deiner selbst vor sich geht?«

»Ich bin in Gottes Hand«, erwiderte ich scharf.

De Saxe schaute mich an und schnitzte dabei weiter an dem Eschenzweig.

»Aber er ist auch in deiner Hand, Jean, denn wie dich nach seiner Gnade verlangt, so verlangt ihn nach deiner Erlösung.«

»Ihr sprecht wie ein Häretiker«, rief ich entsetzt.

Wieder blickte er mich an, wachsam ein wenig und ein wenig kummervoll.

»Du siehst Gott mit einem Wolfsrachen und mit messerscharfen Reißzähnen. Er verschlingt dich in seiner Gier, du aber bist nichts weiter als ein Stück Fleisch für seine heißhungrigen Lefzen. Ganz Arras ist so. Man gibt sich Schändlichkeiten hin, aber man bleibt sündlos, darin sieht man ja seine Auflösung. Wir bedeuten nichts, sagt ihr euch auf den Straßen, wir sind nur elendes Gewürm, ein Spielball des göttlichen Willens. Auf diese Weise bürdet ihr Gott all eure

Sünden auf. Wie bequem das ist, Jean! Bald wird nichts mehr in euch sein, weil ihr alles an den Himmel abgetreten habt.«

Wortlos ließ ich ihn stehen. Als ich mich noch einmal umwandte, sah ich, daß er mir nachschaute – eine ferne, einsame Gestalt in diesem Garten ...

Es war ein Tag ohne Ende. Um die Mittagsstunde wurde der Älteste der Gemeinde hingerichtet. Wieder machten sich die Leute zum Westtor auf. Unersättlichkeit verzehrte damals unsere Herzen. In jedem Bürger war das heiße Verlangen erwacht, der Stadt zu dienen. Wieder schossen in einigen jüdischen Anwesen die Flammen auf. Schreie, Gebete, Flüche vermischten sich miteinander, und über allem wiegte der Ton der Glocken die Lüfte.

Gegen Abend trat der Rat zusammen. Albert begrüßte uns mit einem Kopfnicken. Ich hatte ihn den ganzen Tag über nicht zu Gesicht bekommen, und jetzt schien er mir seltsam matt und niedergeschlagen, als seien seit den frühen Morgenstunden Jahre vergangen. Nur in seinen Augen gewahrte ich ein Leuchten.

Albert sprach zu uns wie folgt:

»Der Rat möge mir Gehör schenken. Ich habe mir gedacht, daß ich mich euch anvertrauen müsse. Vor allem darum, weil der heutige Tag für Arras etwas Besonderes ist und sich niemals mehr wiederholen wird. Ich bin hochbetagt. Nach Arras bin ich aus dem fernen Süden gekommen, nicht so sehr, weil das Herz, sondern weil die Obrigkeit es mir befahl. Als ich zum erstenmal meinen Fuß ins Stadttor von Arras setzte, war ich blutjung, und ihr, die mir jetzt zuhört, waret Kinder. Und da habe ich nun mein Leben damit zugebracht, euch die christlichen Tugenden nahezubringen. Nur eines habe ich gewollt – daß die Stadt Gott wohlgefällig sei. Meine letzte Stunde ist nicht mehr fern, und es heißt fortgehen aus der Welt. Also habe ich heute morgen überdacht, was mir gelungen und was mir nicht gelungen ist. Ist Arras gegenwärtig besser als damals, da ich hier ankam? Was habt ihr dank meiner Belehrungen und meines demütigen Beispieles erlangt? Nun, man darf mir wohl zubilligen, daß ich euch den Glauben an Gott und seine Heiligen eingepflanzt habe. Unter meiner Obhut habt ihr euch einen schmalen Pfad zum Himmel gebahnt. Gewunden ist er, steinig und abschüssig. Es ist nicht leicht, ihn zu erklimmen. Da kommt es schon vor, daß ein Mensch abseits stehenbleibt, empor- und hinabschaut und sich darüber entsetzt, daß er erst ein so kurzes Stück zurückgelegt hat. Und er würde gerne umkehren. Denn leichter ist es, in der Tiefe zu leben als in der Höhe. In den Niederungen kann man all seinen Launen Folge leisten, während eine Bergersteigung nur an eines zu denken befiehlt – daran, daß man nicht abstürzt und in der Tiefe zerschellt. Ich sage euch, die ganze Welt hat sich gegen die Stadt verschworen; man neidet uns unser enges Verhältnis zu Gott und all die uns geschenkten Erfahrungen. Und eben darum murren die Leute bisweilen, wenn die Waren mit Serge nach Lille oder Calais leer zu uns zurückkehren. In der weiten Welt scheint ihnen das Leben voller Freuden und Lockungen, die leicht zu befriedigen sind. In Arras hingegen erwartet sie ein neuerlicher verbissener Kampf um das ewig Heil. Daher sagen einige von euch: Was sollen uns die Lehren des guten Vater Albert, wo wir nur *ein* Leben haben! Andere gehen soweit wie möglich ihre eigenen Wege, und in der Todesstunde bereuen sie ihre Sünden und schließen die Augen in der Hoffnung, daß Gott ihnen verzeihen wird. Ja, so reden einige Bürger. Und sie begreifen nicht, daß der Teufel aus ihrem Munde spricht. Gestern haben wir Gericht gehalten über das Judengeschlecht. Aber was sehe ich? Die Bürger sind zur Überzeugung gelangt, daß sie sich der Gemeinde bedienen können, daß die Gemeinde alle im Himmel zusammengetragenen Schulden von Arras begleicht... Wahrhaftigen Gottes, es läßt sich nichts Dümmeres und Lachhafteres denken. Wo steckt das Böse, das die Stadt umtreibt? Der Bäcker Mehoune hat den Beweis geführt, daß es in den Juden steckt. Und ich widerspreche dem nicht! Aber sag, Mehoune, mein lieber Bruder, können wir, indem wir das jüdische Übel ausrotten, auch zugleich seine Wurzeln ausrotten, die in die christlichen Seelen hineingewachsen sind? Ist es recht, sich hinter einem Juden vor Gottes Antlitz zu verkriechen? Stellt das nicht den Versuch dar, zu betrügen oder mit Jesus Christus zu würfeln? Einige Bürger meinen, sie brauchten sich nur hinter den jüdischen Leichen zu verbergen, und schon erspäht sie das Auge des Allmächtigen nicht mehr. Arme Narren! Wenn sie Judenhäuser in Brand stecken, glauben sie, daß dieses Feuer wie das Fegefeuer ihre Seelen läutert. Die Angst leitet sie, um jeden Preis wollen sie dem gerechten Gericht entgehen. Diejenigen, die schuldig sind, verfolgen am heftigsten das Volk am Westtor. Ihr eigenes Unrecht wollen sie in Judenblut ertränken! Doch Gott vergibt keine herausgeschrienen, sondern nur wiedergutgemachte Sünden. Er gibt sich nicht mit dem Wort zufrieden, sondern verlangt Taten. Wir haben uns in Arras mit einer Mauer aus jüdischen Leibern umgeben, und jetzt meinen wir, in Sicherheit zu leben. Und dabei ist unsere Brust zu einem Dolchstoß entblößt, von dem die Welt bislang keine Vorstellung hat... Gervais der Damaszener ist zu uns gekommen und hat gesagt, daß der Jude Celus einen Fluch auf sein Haus und seine Wirtschaft geworfen hat. Vielleicht war es so, vielleicht auch nicht... Denn wo steht geschrieben, daß es Gott nicht erlaubt sei, einen Menschen damit zu bestrafen, indem er ihm das Pferd nimmt? Ich behaupte keinesfalls, daß Celus unschuldig war. Ich behaupte nur, daß es ebensogut ohne seinen Fluch hätte abgehen können. Gott braucht ganz und gar keinen jüdischen Gehilfen, wenn er Gerechtigkeit zumessen will. Als uns die Seuche traf, war Arras durchaus keine gute Stadt. Furchtbare Dinge haben sich hier zugetragen. Man hat im Rat gesagt, daß in Gent, Breda, ja vielleicht sogar in Paris die Sünden viel schwerer und nichtswürdiger sind, und doch waren *wir* es, die von der Seuche heimgesucht wurden. Aber hat der Rat das Recht, über fremde Sünden zu richten? Vielleicht gefällt es Gott, Brabant und alle anderen Länder des Herzogtums zu vernichten, um nur ein einziges kleines Dorf zu retten, so wie er es einst mit der Arche Noah gehalten hat? Rechnen wir unsere Sünden auf und suchen wir nach eigenen Maßstäben! Besinnt euch doch! Gab es hier in Arras vielleicht gar wenig Treulosigkeit, Geilheit, Dummheit? Erzählt man sich nicht in der Stadt, daß der Bäcker Mehoune Späne unters Mehl mischt und daß der Tuchmacher Yvonnet ein Leuteschinder ist für die Witwe Plaquet, die ihm in der Wirtschaft dient? Und haben sich nicht die besten unter euch – wie Graf de Saxe zum Beispiel – leichte Frauenzimmer aus England im Hause gehalten und sich Ausschweifungen hingegeben? Selbst mein innig geliebter Schüler hat sich vor den Augen der ganzen Stadt tierischen Begierden hingegeben. Möge also der Rat meine Worte erwägen! Ich aber sage euch, es ist leicht, auf jüdischen Nacken die Sünden zu bereuen, doch Gott muß das durchaus nicht wohlgefällig sein.«

Tiefe Stille breitete sich im Saal aus, nachdem Albert

geendet hatte. Der Abend war bereits hereingebrochen, hinter den Fenstern stand das Feuer der Häuser am Westtor, sonst nichts weiter... Da erhob sich der Bäcker Mehoune von der Bank, seine Gestalt warf auf der Wand einen großen Schatten.

»Guter Vater«, sagte der Bäcker. »Ich habe schwer gesündigt, denn wahr ist es, daß ich Späne ins Mehl geschüttet habe. Ich kaufe hundert Messen bei der Allerheiligsten Dreifaltigkeit und lasse mir den Rücken peitschen an jedem Fasttag.«

»Ein guter Christ mißt sich nicht selbst die Buße zu«, entgegnete Albert.

Mehoune fiel auf die Knie und schluchzte laut.

»Weine nicht«, sagte mit weicher Stimme der ehrwürdige Vater, »deine Stunde ist noch nicht gekommen. Steh auf, Mehoune, wir werden weiter zusammen zu Rate sitzen...«

Also stand der Bäcker auf und setzte sich auf seinen Platz.

Nicht zu fassen, wie leer unser Geist in jener Nacht war! Ich nehme an, daß jeder Mensch irgendwelche Lasten trägt und sie nicht allzu sehr spürt. Aber es kommt einmal der Augenblick, da ein Strohhalm auf seinen Schultern den Körper zur Erde beugt; sein Atem wird flach, Schweißtropfen rinnen ihm in die Augen, und all seine Wünsche münden in den einen kreatürlichen Wunsch nach Ruhe. Nur endlich diese Last abwerfen, sich aus dem Joch befreien! Wir besinnen uns dann nicht, daß es ein Strohhalm ist, der uns drückt, sondern uns dünkt, die ganze Erde, ja sogar der ganze Himmel ruhe auf unseren Schultern. Ein jeder schaut dann furchtsam um sich, wo er diese Last abwerfen könne, und da erspäht er den Nachbarn und zermalmt ihn reinen Herzens!

Als Mehoune wieder Platz genommen hatte, blickten die

anderen höhnisch und feindselig zu ihm hinüber. Jeder hätte am liebsten geweint, und nun hatte es Mehoune als erster getan – was immerhin dazu führte, daß die anderen ein wenig zu Ruhe und Besinnung kamen. Er hatte sie in der Demut überboten, aber sie waren ihm nicht dankbar dafür, vielmehr: sie waren dankbar und haßerfüllt zugleich.

Mich schauderte, wenn ich an Alberts Worte über jenes englische Mädchen von damals dachte – als ich an dem Kommentar zu einer Schrift Meister Gersons arbeiten sollte. Ich sah in die Gesichter der Anwesenden, aber alle verzogen die Mäuler in demütigem Gebet. Ihr Flüstern, prasselnd wie ein vertrockneter Baum, wenn er verbrennt, erfüllte den Raum. Gott hatte in diesem Moment allerhand zu tun, um so viele Sünden gleichzeitig anzuhören. Und wie sie beteten! Niemals zuvor hatte ich Menschen in einer solchen Ekstase gesehen. Als wenn ein ganzes Kartäuserkloster ins Rathaus geströmt wäre ... Ich kannte sie! Besser als die eigenen Stuten und Hengste! Ach, es waren durchaus keine schlechten Menschen. Nicht schlechter als andere in Burgund. Nur daß sie sich plötzlich und ohne Vorbereitung zwischen Himmel und Erde verstrickt sahen. Wer von uns hätte in seinem Leben nichts Böses getan?

Im allgemeinen wissen die Menschen, wenn sie sündigen. Aber selten kommt ihnen in den Sinn, daß sie Prüfungen unterworfen werden könnten, von denen in der Schrift die Rede ist. Diese Dinge geschahen in uralter Zeit – oder vielleicht sind sie überhaupt nicht geschehen? Es hat dies keine größere Bedeutung. Ob Gott sich so oder so offenbart, ist schließlich nicht das Wichtigste. Der Glaube ist ein Teil der menschlichen, nicht der göttlichen Natur. Gott braucht an sich selber nicht zu glauben, nur wir schulden es ihm! Und folglich glaubten auch diese Leute ganz brav, daß sie tagaus tagein seine allertreuesten Schäflein wären. Sie handelten so, wie das gewöhnlich im Leben zu sein pflegt. Zwar wußten sie, daß die Stunde kommt, da man für eine jede Tat zu zahlen hat, aber sie ahnten nicht, daß das ausgerechnet in jener Nacht, im Rathaussaal, im Schein der verlöschenden Feuer geschehen sollte.

Die Kirche lehrt uns, daß wir weder Tag noch Stunde kennen, und eben weil wir sie nicht kennen, können wir Ruhe und ein Restchen Würde bewahren. Auf einmal stürzt ein solcher Augenblick auf uns herab – wir fühlen uns hilflos und betrogen. So war es auch damals ... In der Stille des Rathauses hörte man nur das Flüstern der Gebetsklagen. Denn der Teufel, falls er zu diesem Zeitpunkt unter uns geweilt haben sollte, verhielt sich mucksmäuschenstill. Wer weiß, unter wessen Mantel er sich zusammengekauert hatte?

Ich beugte mich zu Albert und sagte:

»Vater, ich muß einmal aus dem Saal!«

Albert nickte zustimmend; so stand ich auf und ging hinaus, um Wasser aus dem Brunnen im Hof zu trinken.

Auf dem Hof war es kühl und stockfinster. Ich trank gierig, wobei ich fast das ganze Gesicht in den Zuber tauchte. Da berührte mich etwas am Arm. Ich drehte mich langsam um. Leere weit und breit. Also trank ich von neuem, denn es brannten mir die Eingeweide. Es war wohl die Angst vor Albert, dem Rat, der gesamten Stadt Arras. Da spürte ich wieder eine leichte Berührung am Arm. Ich ließ den Zuber fallen; er fiel an dem sich spannenden Hanfseil hinab, tief unten im Brunnen platschte das Wasser. Und wieder blicke ich in die Runde und sehe nichts. Nur der kaum wahrnehmbare Umriß der Rathausmauern. Auf einmal – ein Flüstern. Jemand haucht mir etwas ins Ohr, aber es sind unbekannte

Ausdrücke, wie in einer fremden Sprache, mit der ich bisher noch nie in Berührung gekommen war.

»Wer da?« frage ich verstört. Und wieder plappert die Stimme fremde, unbekannte Worte, die heute zu wiederholen ich nicht mehr imstande wäre. Worte ohne Mund, Sprache ohne Sprechenden, Berührung ohne Hand, Teil ohne Ganzheit. Etwas versetzte mir einen Stoß vor die Brust, wie mit einer geballten Faust. Ich floh, schweißtriefend. Da spürte ich am Hinterteil einen Tritt mit einem beschuhten Fuß. Der Teufel trieb mich mit Fußtritten bis an die Schwelle des Rathaussaales. Ich stürzte hinein, alle Blicke richten sich auf mich, offenbar ist mein Gesicht totenbleich, der Blick geistesabwesend.

»Der Teufel im Rathaus!« schreie ich mit furchterregender Stimme und schlage mit letzter Anstrengung die Tür hinter mir zu. Alle stürzen auf die Knie, die Haare stehen ihnen zu Berge. Sogar Albert scheint beunruhigt. Er nähert sich der Tür und macht auf ihr das Zeichen des Kreuzes. Ich höre, wie er murmelt:

»Der Teufel im Rathaus ... Der Teufel im Rathaus. Wer weiß!«

Im Namen des Vaters und des Sohnes und des Heiligen Geistes. Amen. Ihr Herren! Sogar jetzt, da ich mich an den Augenblick erinnere, wo ich Wasser auf dem Hof trank, fühle ich ein Ameisenkribbeln in meinen Knochen. Über Brügge steht die Sonne eines zeitigen Frühlings, ich sehe durchs Fenster ein breites Stück Wasser und auf dem Wasser ein Schiff mit gehißten Segeln. Eure Gesichter sind ruhig und honett, und zum Frühstück hattet ihr erlesene Putenpastete und Lammkeule. Ringsum scheint alles in

Sattheit und Sicherheit eingeschläfert. Ich aber verspüre in diesem Moment wieder Durst, und bitte, gebt mir einen kühlen Trunk, damit ich mir die alten Ängste aus der Kehle spülen kann ...

Ihr Herren! Wenn mich wer fragen würde, ob ich den Teufel gesehen habe, ich müßte nein sagen. Aber sollte mich jemand fragen, ob ich ihn gehört und seine Berührung gefühlt habe, so sage ich ja, denn noch jetzt schmerzt mich mein Hinterteil.

Ach, das soll durchaus nicht heißen, ich wolle behaupten, daß alles, was vergangenen Herbst in Arras geschah, das Werk unreiner Kräfte gewesen sei. Aber der Teufel hat sich dort unablässig herumgetrieben, hat gehetzt, die Feuer der verlöschenden Scheiterhaufen wiederentfacht, unsere Sinne getrübt und ins Verderben gestürzt. Freilich: auch ohne ihn wären wir genauso tief gesunken, doch vielleicht nicht so rasch ...

Ich kehre zum eigentlichen Thema zurück. Noch in derselben Nacht forderte der Rat von Albert die Verhaftung Farias de Saxe'.

Albert sperrte sich lange. »Er ist der edelstgeborene Herr in ganz Arras!« wiederholte er ein ums andere Mal.

Doch der Rat wollte von seiner Forderung nicht ablassen. Der Tuchmacher Yvonnet wies nach, daß der Graf im Jahr der Pest Übeltaten und Grausamkeiten verübt hatte. Offensichtlich war er im geheimen Einverständnis mit den Juden gewesen, da er sie so reichlich fütterte, während alle anderen nicht wußten, womit das Maul stopfen.

Daraufhin Albert:

»Laßt die Juden in Ruhe! Sie haben beglichen, was sie zu zahlen hatten. Wenn unser Übel und unser Unglück nur im jüdischen Samen seinen Anfang genommen hätte, wäre Arras hundertmal glücklicher. Leider! Sucht also die Sünden in euren eigenen Herzen. Die Juden laßt in Frieden!«

Es ließ sich unschwer beweisen, daß de Saxe zu den hartgesottenen Sündern gehörte. Wer anders, wenn nicht er, hatte jahrelang über die Lehren des ehrwürdigen Vaters gespottet? Es kam heraus, daß er aus Worms einen Medikus hatte kommen lassen, und in den Nächten schnitten sie beide im Licht eines Kienspans Tierkadaver auf. Farias de Saxe fing Eidechsen in den Talschluchten, die sich auf Lille zu erstreckten, häutete sie und erforschte ihr Inneres. Auch an Vögel hatte er sich schon herangewagt, und man erzählte sich – nicht ohne Grund –, daß er einmal, während der Seuche, als er das Fleisch eines verendeten Pferdes aufteilte, für sich das Herz zurückbehielt. Aber er aß es nicht etwa, sondern untersuchte, wog, zerschnitt und bestaunte es. Allen war bekannt, daß Farias de Saxe sich in Arras erbarmungslos langweilte und sich in seinen eigenen Gemächern Messen lesen ließ, nachts, weil er tagsüber auf Falkenjagd ging. Er beichtete überaus nachlässig; es kam vor, daß er dabei einschlummerte und das Mönchlein ihn erst mit Püffen zur Reue über seine Sünden bewegen mußte. Und wenn er Christus empfing, schüttelte er sich am ganzen Leibe und gähnte gedehnt ... Mit Sicherheit wurde festgestellt, daß er sich käufliche Frauen hielt und jede Nacht eine andere rief wie ein arabischer Kalif. Das Allerwichtigste aber war, daß er dem Rat nicht den gebührenden Respekt erwies, daß er sich wie ein großer Herr benahm und die Unterweisungen des ehrwürdigen Vaters für nichts erachtete. Das kam am stärksten in der letzten Zeit zum Ausdruck, seit die einfachen Leute im Rat saßen und er sie postponierte und nicht mit ihnen zu Rate gehen wollte.

Ich meine, edle Herren, Graf de Saxe hatte sicher recht, aber es gehörte sich einfach nicht, dem Pöbel so offen seine Gedanken zu entdecken.

Schließlich gab Albert nach. Er nickte mit dem Kopf und sagte leise:

»Sofern dieses der Wille des Rates ist, schließe ich mich demütig seinem Vorschlag an. Wir halten Gericht über Graf de Saxe, was uns vielleicht die himmlische Gnade sichert. Denn noch einmal sage ich euch, meine lieben Mitbürger, wer soviel durchlebt hat, kann nicht mehr rein sein. Absolution ist nur den Unerfahrenen und Unwissenden gegeben. Die Zeit des Hungers und der Seuche hat unsere Seelen befleckt. Die Stadt Arras muß wohl erst in den Flammen des Leidens aufgehen, um wieder zu sich selber zu kommen. Jeder Schritt hat uns vom wahren Weg entfernt. Und um so mehr sind wir im Schmutz gewatet. Wir brauchen heute einen kindlichen Glauben, um von neuem auf den Pfaden der Tugend zu wandeln. Bevor die Seuche über die Stadt kam, bemühte man sich mehr um schöne Gewebe und Serge, um Reitpferde und Gärten, Dukaten und Fäßchen mit Wein als um das Heil der Seele. Die Pest öffnete uns die Augen dafür, was wirklich wichtig für den Menschen ist. Doch als sie vorüber war, hielt aufs neue der Frevel Einzug in die Mauern von Arras. Wieder wird mit Flachs und Leinwand, mit Pferden und Kühen gehandelt, und nach Calais ziehen die Wagen voller Waren. Die Stadt wird von dem Verlangen nach schönverzierten Gefäßen und delikaten Speisen, nach behenden Pferden und guten Milchkühen verzehrt. Über nichts anderes als über Falken, über Schuhe und Hüte spricht man hier, und nur ein winziges Häuflein der Ernsthaftesten wagt es, nach Gott zu rufen. Die Menschen hier sind in ihrer Gier, sich zu bereichern, tief gesunken, und selbst die Würdigsten haben sich auf Schuftigkeiten eingelassen. Es gab in Arras einen, der mit Wegelagerern unter einer Decke steckte. Auf seinen Befehl lauerten sie inmitten der Hügel am Wege nach Lille und plünderten unsere Wagenzüge. Das waren dieselben Kerle, die während der Pest bis vor unsere Mauern drangen, um unsere Vorräte zu rauben.«

»Ehrwürdiger Vater!« rief hierauf der Bäcker Mehoune. »Wer war dieser Mensch, der die Strolche gedungen hat?«

»Das weiß ich nicht«, antwortete Albert.

Da begann der Rat laut zu fluchen, daß man ihm kein Vertrauen erweise, und wieder fielen die Leute auf die Knie, und ihre lauten Gebete hallten vom Deckengewölbe wider. Und so entrang sich Albert schließlich – und es war, als brächte er es nur mühsam hervor –, daß es Graf de Saxe gewesen sei.

»Die Hölle!« kreischte der Tuchmacher, und die anderen akkompagnierten ihn.

»Ja«, entgegnete Albert, »ja, die Hölle ist in uns allen.«

Damals dachte ich (doch nur so für mich), daß zwar tatsächlich die Hölle in uns steckt, daß aber hundertmal schlimmer ist, was von uns nach außen wirkt.

Meine Herren! Es ist euch bekannt, daß man den Grafen de Saxe vergangenen Herbst auf dem Scheiterhaufen verbrannt hat. Aber nicht bekannt ist euch, wie sehr er vor seinem Tode gelästert und was sich daraus für unsere Stadt ergeben hat. Als man den Grafen in den Kellergewölben des Rathauses gefangengesetzt hatte, erschien sein Vogt namens Durance vor dem Rat, der Mann, den ich vorhin bereits erwähnt habe, und erklärte, seinen Herrn verteidigen zu wollen.

»Denn er ist nicht schuldig der ihm zur Last gelegten Vergehen!«

Dieser Durance war schon immer ein merkwürdiger Mensch gewesen. Bisweilen führte er sich wie der allerschlimmste Halunke auf. Noch vor Ausbruch der Pest war Durance in Geschäften auf eine sehr weite Reise gegangen, die ihn bis ins Rhonetal geführt hatte. Von der Reise zurückgekehrt, berichtete er, wie er den Leuten dort das Fell über die Ohren gezogen habe. Er war in einem Maße treuebrüchig gewesen, daß die Klagen wegen seiner Missetaten bis nach Brüssel zu Herzog Philipp drangen. Damals konnte er sich noch einmal aus der Schlinge ziehen, weil er den Beistand des Grafen de Saxe genoß, der sich wiederum der Gunst des Herzogs erfreute. Ein anderes Mal erscholl sein Ruf in ganz Artois, weil er einem Kartäuserkloster hundert Dukaten geschenkt hatte. Überhaupt war dies ein freigebiger Mensch, auch wenn er auf den ersten Blick nicht danach aussah. Man wollte wissen, daß er englischen Mönchen in Bedford Gaben gestiftet und sie selber mit einem Mietkahn hinübergebracht habe. Er kümmerte sich um Witwen und Waisen, dann wieder brachte er einen Schuldner an den Bettelstab. Er besaß die Gabe der schönen Rede und gleichfalls eine schöne Gestalt. Hinzu kam ein ungeheures Vermögen; er überragte an Wohlhabenheit möglicherweise sogar Farias de Saxe. Und dennoch diente er ihm weiterhin, und nicht selten geschah es, daß er dessen Pferden eigenhändig den Hafer hinstreute – obgleich er das bei den eigenen niemals tat, hatte er doch einen Stallmeister und ein paar Pferdeknechte in seinen Diensten. Manchmal lebte er wie ein vorbildlicher Christ, fastete und betete, um sich dann wieder Prassereien hinzugeben, von denen die ganze Stadt sprach. In seinem Hause hielt er sich einen

Pfaffen und zwei Kebsen, und man erzählte sich, daß er einmal des Nachts den Pfaffen zu sich genommen und es morgens den Kebsen gebeichtet habe. Niemand wußte, was in diesem Menschen wirklich steckte. Es gab solche, die ihn ein wenig fürchteten.

Als er vor dem Rat erschien, wirkte er wie aus Stein gehauen. Er sprach mit ungeheurem Stolz. Wußte er doch, daß ihm, sofern er den Grafen de Saxe verteidigte, vorläufig alles erlaubt war – daher genoß er es in vollen Zügen.

»Was wollt ihr von dem edlen Herrn de Saxe? Aus wessen Hand habt ihr denn in der Zeit des Hungers und der Pest das Fressen für euch und eure Bankerte entgegengenommen? Ihr selbst habt damals geschrien, daß es keinen würdigeren und gerechteren Herrn in ganz Arras gebe! Albert, hör mich an! Wenn uns heute in der Tat das Schicksal erprobt an den armen Juden und an Herrn de Saxe – und mir scheint, daß dieser ganze Aberwitz damit noch lange kein Ende hat –, dann sollte man eher bei dir die Schuld suchen. Erinnerst du dich an den Schrei der Frau, der du auf dem Schafott die letzte Tröstung versagt hast? Falls du's vergessen haben solltest, Gott wird dich daran erinnern. Leute, auf wen hört ihr da? Seht euch doch diesen Alten zu Häupten des Tisches an! Ihr saget ›ehrwürdiger Vater‹ zu ihm; ich aber sage euch, daß das ein stinkiger Bock ist, den das Leben und damit das ganze Menschengeschlecht anekelt. Was will er denn? Während wir uns an Sonne und Regen, Blume und Blatt erfreuen, denkt er an Pech und Teufelsforken. Bevor die Seuche über uns kam, hatte die Stadt viel unter ihm zu leiden gehabt. Hier mochte Korn fehlen, an Weihrauch hat es nie gemangelt. Hier mochte Hanf fehlen, dafür gab es stets genug Priestergewänder. Die menschliche Stimme ist in dieser Stadt verstummt. Nur noch Gebete schlagen zum

Himmel empor. Zuviel Glauben, zuwenig Verstand! Sollte das der Wille Gottes sein? Wir sind seine Kinder, wie kann er da unsere Erniedrigung und unser Elend wollen? Der alte Bock – fort mit ihm aus der guten Stadt Arras! Legt die Regierungsgeschäfte in die Hände vorurteilsfreier Menschen, die Frömmigkeit mit gesundem Menschenverstand zu vereinen wissen. Ansonsten wird euch der Alte die Hölle heiß machen, daß in Arras kein Stein mehr auf dem anderen bleibt!«

Albert hörte aufmerksam zu und schwieg. Als Durance geendet hatte, bemerkte der Pater nur: »Bürger! Erwäget selber, was euch zu tun ansteht.«

Der Rat hieß den Vogt den Saal verlassen. Es war jetzt schon klar, daß er der nächste Angeklagte sein würde.

Von Herrn de Saxe verlangten die Simpel, daß er seine Sünden bereue. Doch dieser weigerte sich. Oh, wenn er doch anders gehandelt hätte! Ich ging am Abend zu ihm und teilte ihm mit, der Rat wolle ihn für den Fall, daß er seine Schuld bekenne und Reue zeige, nur zum Verlassen der Stadt verurteilen; andernfalls flamme wieder ein Scheiterhaufen auf. De Saxe lachte bitter.

»Höre, Jean!« sprach er zu mir. »Ich weiß, was heute die Stadt will. Sie will den Kampf! Die Leute bilden sich ein, sie würden in einem Kampf geläutert. Sie tun einander Gewalt an, um sich von dem Mahr zu befreien, der die Stadt zu ersticken droht. Selbst wenn sie die anständigsten Absichten hätten – sie haben sich in einem Teufelsnetz verfangen. Wenn ich ihnen heute sagen würde, daß ich mich vergangen habe, indem ich mit Straßenräubern im Einvernehmen und ein Gotteslästerer gewesen bin, würde ich zum Bundesgenossen dieses ganzen Irrsinns. Besser zugrunde gehen, als dem noch Vorschub leisten! Ich sehne mich absolut nicht nach dem Martyrium, aber eines weiß ich: Etwas Schlimmeres unter der Sonne kann dem Menschen nicht passieren, als sich zu einer Schuld zu bekennen, die er nicht begangen hat. Damit durchkreuzt er anderen die Tugendpfade. Wer Gott liebt und die Menschen, wird solchen teuflischen Wünschen nicht nachgeben.«

»Wenn Ihr Euch morgen nicht demütigt, seid Ihr verloren!« sagte ich, und meine Stimme klang dumpf.

Er sah mich aufmerksam an. Sicher konnte er nur die Umrisse meines Gesichtes wahrnehmen, denn im Verlies war es dunkel.

»Ich weiß!« erwiderte de Saxe. »Ich bin nicht mehr jung. Jeder muß einmal sterben. Gott wird mir verzeihen; er sieht in mein Herz: es ist rein, Jean ...«

»De Saxe, lieber Freund!« erwiderte ich voller Eifer. »Ihr wißt, wie nah Ihr mir steht! Albert ist wie ein Vater für mich, Euch habe ich immer für meinen Bruder erachtet. Glaubt mir, Euer Tod ändert nichts in der Stadt. Ihr sterbt vergebens!«

»Das mag sein«, sagte er leise. »Aber wenn ich am Leben bleibe, freilich, dann ändert sich was: alles wandelt sich zum Argen. Die Menschen gelangen zu der Überzeugung, daß sie im Recht gewesen sind, und ihre Sünde wird sie vor sich her treiben wie eine gespannte Bogensehne. Aber das Menschenhirn ist nun mal keine Bogensehne, und man darf es nicht so anspannen. Wenn es reißt, verfällt Arras dem Wahnsinn. Das ist eine gute Stadt, Jean, und sie hat ein besseres Los verdient. Ich will nicht zum Henker dieser Stadt werden. Dann soll sie schon lieber mein Henker sein.«

Und so sprach er und sprach. Das war durchaus nicht klug. Als ich die Zelle verließ, dachte ich, daß der Graf sich selber betrüge. Wie hoch schätzte er die Würde? So hoch, daß ich die Sünde der Überhebung darin fand...

Es war bereits Nacht, als ich meiner Behausung zustrebte. Die Stadt lag in tiefem Schlummer, die Feuerbrände waren verlöscht, ringsum herrschte Stille. In den Baumkronen rauschte sanft der Wind; über mir, vielleicht zum erstenmal in diesem Herbst, ein klarer Himmel. Ich schritt rüstig aus.

Das sind meine Beine, dachte ich, meine Füße, Knie, Schienbeine, Lenden. Sie bewegen sich rhythmisch; denn ich will es so, obwohl ich es nicht einmal ausdrücklich befehle. Sie selber wissen, was sie zu tun haben. Wie wundervoll kompliziert ist doch das Leben, vor allem aber der lebendige Körper eines Menschen! Ein Verräter ist, wer den eigenen Leib den Flammen ausliefert. Da ist mein Bauch, dachte ich, da meine Arme, der Kopf, Augen, Lippen, Haare. Jedes einzelne meiner Haare spürt den Windhauch! Wenn es regnet, sind meine Haare naß, und wollüstig geben sie sich streichelnden Händen hin. Und die Finger empfinden Freude bei der Berührung dieser rauhen Feuchte. Jedes meiner Glieder lebt für sich, und doch bilden sie alle zusammen eine Person. Das ist das wirkliche Schöpfungswunder! Wenn ich laufe, spüre ich, wie anders jeder Körperteil ist. Zuerst ein leichtes Brennen der Fußsohlen, aber ich selber bin munter und fröhlich. Dann, wenn ich weiterlaufe, zieht ein leichter Schauer über die Waden hinauf zu den Knien, die das Vibrieren in sich auffangen. Meine Beine werden schwer und träge wie bei einer schwangeren Frau. Unterdessen sind Bauch, Arme und Schultern noch immer willens, am Lauf teilzunehmen. Aber noch eine Minute, und der Atem wird flach, die Kehle trocknet aus, und der Kopf platzt schier vor Schmerz. Und dann versagen die Beine den

Dienst. Vergeblich befehle ich ihnen, sich rascher zu bewegen. Sie haben genug von mir; auf einmal bin ich ihnen fremd. So separat sind sie, als hätte man sie mit einer Axt abgehauen. Aber wieder genügt eine kleine Ruhepause, ein Schluck frischen Wassers, daß sie von neuem mit dem übrigen Leib zusammenwachsen und weiter den Weg zurücklegen – sicher, gehorsam und zuverlässig... Meine guten Beine, dachte ich, meine geliebten Arme, Handflächen, Eingeweide. Wie könnte ich es wagen, euch dem Verderben, dem Untergang preiszugeben! Ich bin euer Herr und euer Diener, Freund und Liebhaber, Wohltäter und Tyrann. Haltet zu mir, und gemeinsam werden wir alle Schicksalsschläge durchstehen! Nichts ist wichtiger als dieses Durchstehen.

Während ich mich meinem Hause näherte, dachte ich, daß morgen die Sonne aufgehen und sich der Himmel wundervoll rosig färben werde. Später würde die rosige Morgenröte verschwinden, damit sich Arras in goldenem Sonnenlicht baden könnte. Vielleicht würde Wind aufkommen. Zänkisch und feindselig würde er die Blätter auseinanderwirbeln, die Flammen des Scheiterhaufens von Farias de Saxe peitschen, einen Hut entführen oder einen Strohwisch. Mittags würde ich Milch trinken wie alle Tage. Mein Leibdiener bringt mir einen Becher warme Milch direkt vom Kuheuter, und ich, bequem dasitzend, werde trinken. Später gehe ich in den Rat, und abends würde ich Hammelkeule, Bier, Käse, Früchte und wieder warme Milch vom abendlichen Melken auftragen lassen. Wenn der Tag zu Ende gegangen ist, werde ich meine Beine, Arme, Schultern, meinen Bauch und Kopf ins Bettzeug legen und irgendeine Frau aus meinem Hause rufen lassen, damit sie mich erleichtere.

Was kann es Achtbareres geben, als am Leben zu bleiben? Hat uns Gott denn geschaffen, damit wir uns im Namen mannigfaltiger Hirngespinste zugrunde richten? In unseren Tagen wird soviel über die Freiheit diskutiert. Zu Zeiten unserer Vorfahren sprach man allerorten von der Ritterehre. Mein Großvater väterlicherseits hatte einst in seiner Jugend das Bildnis einer gewissen Dame gesehen und ihr seinen Dienst zugeschworen. Dreimal zehn Jahre wanderte er fast durch die ganze Welt, führte das Leben eines Hirten, schlief unter bloßem Himmel, nährte sich von Erbsen und Ackerrettich. Wo auch immer er war, ständig schwatzte er ungereimte Historien über seine Herrin und schlug sich auf Turnieren herum. Er trug blaue Flecke und gebrochene Knochen davon, aber er blieb seinem Schwur treu. Als er endlich in Erfahrung brachte, wo er seine Angebetete zu suchen habe, bestieg er ein Schiff und segelte nach Benevent. Dort empfing ihn eine zähe alte Vettel, die wie ein Misthaufen stank, sehr angetan von den Beweisen einer solchen Ritterlichkeit. Mein Großvater väterlicherseits starb in ihren Armen. Vor seinem Hinscheiden rief er, daß er sehr froh sei, sein Leben nicht vergeudet zu haben, da er am Ende doch noch die Dame seines Herzens gesehen habe. Als man ihm seine Rüstung auszog, soll er dreißig Wunden am Leib gehabt haben, die er in Kämpfen um jene Dame davongetragen hatte.

In meiner Jugend hat mich diese Erzählung sehr ergriffen, aber mit zunehmendem Alter wurde ich gescheiter. In der Zeit, da mein Großvater die Welt durchwanderte, hatte diese Hure aus Benevent genügend Gelegenheit gehabt, um drei Männer zu ehelichen und zwölf Söhne zu gebären. Sehr schön! Das schlimmste aber ist, daß niemand dem Ritter befohlen hatte, dieser morschen Waschbütte hinterherzulaufen.

Das war einmal; heute grinst man höhnisch, wenn von solchen Narreteien die Rede ist. Aber hegen wir in unseren Herzen nicht ähnlich Törichtes? Freiheit! Immer war ich für Freiheit. Ich hab's bereits erwähnt. Aber während in unserer Welt heute die einen von Achtung für den Menschen, von Gewissens- und Gedankenfreiheit reden, schreie ich so laut ich nur kann nach Freiheit für meine Lenden, Arme, Knie, Haare, Zunge, meinen Bauch, meine Nasenlöcher, Finger, Lippen, Ohren, Füße, Ellbogen, meine Leber, Zähne, Knochen, meinen After... Ach, mein Gott, ihr Herren, all das ist das Meine, so schrecklich und so schmerzhaft, wie nichts anderes mein sein kann! Der Schöpfer selber hat mir diesen Leib anvertraut, damit ich sein Recht zu existieren wahre.

So viel weiß ich, Graf de Saxe ist seinem Körper treulos geworden und damit treulos der Person, die ihm von Gott gegeben ward. Gott hab ihn selig! – aber immerhin hat er schwer gesündigt.

Das Furchtbarste war, daß er, als sie ihn zur Hinrichtung führten, dem auf der Straße versammelten Volk zurief, daß er unschuldig sei und sterbe, um die gute Stadt Arras wachzurütteln. »Möge Gott euch allen vergeben, wie ich euch vergebe«, sprach er, was jeder denkende Mensch für eine offene Lästerung ansah. Denn solche Worte kommen wohl dem Herrn Jesus zu, aber nicht dem Grafen de Saxe, der ein hartgesottener Sünder war. So hoben also die Leute Steine auf und warfen sie auf ihn, hoben getrocknete Schmutzklumpen auf und bewarfen ihn damit, ebenso Pferdeäpfel und Ziegenmist. Er aber bewahrte seine ganze Autorität und eine bestechende Würde.

Als man ihn an den Richtpfahl band, sagte er laut zu dem Meister, damit alle es hörten: »Meister, mach deine Arbeit gut. Ich gebe dir einen Dukaten dafür...« Jener aber verbeugte sich tief und küßte dem Grafen die Füße, obwohl die Schuhe dreckverschmiert waren. Und der Meister machte seine Sache gut. Ich möchte sagen: zu gut; aus diesem Grunde erfreute er sich auch nicht lange seines Dukaten. Nachdem er den Grafen an den Pfahl gebunden hatte, zündete er den Scheiterhaufen an; und als die Flammen aufloderten, stieß er überaus behend dem Verurteilten das Messer bis an den Schaft ins Herz. Graf de Saxe stöhnte auf und hauchte sogleich seine Seele aus, so daß das Feuer nur noch einen gefühllosen Leib verzehrte. Doch Leute, die in der Nähe standen, hatten es gesehen und trugen es dem Rat zu, und eine Weile danach – als sich seine Stunde erfüllt hatte – legte der Meister der Stadt Arras seinen Hals unters Beil. Doch alles was recht ist, er starb fröhlich und getrost; denn von jenem Dukaten hatte seine Frau ein hübsches Landgut am Tor Trinité erworben; sie war also gut versorgt.

IM NAMEN DES VATERS UND DES SOHNES UND DES HEILIGEN GEISTES. AMEN. Damals auf dem Richtplatz durchlebte ich schwere Augenblicke. Mit allergrößter Mühe unterdrückte ich ein Schluchzen, das sich meiner Brust entringen wollte. Da also ging ein großer achtenswerter Herr aus der Welt, der zu meinen hochwürdigen Freunden und Beschützern gehört hatte! Ich war der letzte gewesen, der ihn unter vier Augen gesprochen hatte. Nach meinem Besuch im Verlies war er nur noch dem Rat vorgeführt worden, wo er keinerlei Zerknirschung zeigen wollte, vielmehr seinerseits den Rat aufrief, sich doch zu besinnen. So also durfte ich mich für den Vertrauten seiner Todesstunde halten. Inbrünstig betete ich zu Gott, daß er diese verirrte Seele zu sich nehmen möge. Eben da, mitten im Gebet, am sonnenhellen Tage, während der Scheiterhaufen lichterloh brannte, suchten mich Zweifel heim. Ich war schon so nahe daran, mich mit allem ringsum abzufinden, da durchfuhr mich plötzlich ein grausiger Gedanke wie ein Blitz. Ich erblickte das Antlitz des gekreuzigten Christus – blaß und schmerzverzerrt. Und gleich darauf sah ich vor mir das Gesicht des Pontius Pilatus, der sich die Hände wäscht. Und auch das Gesicht des Petrus, als er den Herrn verleugnet...

Schon einmal in meinem Leben hatte ich ähnliche Gesichte gehabt. Ich jagte mit Chastell in den Wäldern unweit von Gent. Es war in meiner Jugend, als die Engländer noch fast die gesamte Küste beherrschten. Chastell stürzte vom Pferd und verletzte sich so, daß niemand ihm auch nur einen Tag Leben prophezeit hätte. Wir schleppten uns zu einer Bauernhütte am Waldesrand. Man bettete Chastell auf Erbsenstroh. Er verlangte nach etwas zu trinken, der Knecht rannte zum Brunnen, ich aber sagte zu dem alten Busenfreund: »Chastell, Lieber! Du brauchst einen Beichtvater. Ich lasse durch den Bauern einen Jakobinerpater holen.«

»Mach das nicht«, sagte Chastell und lächelte mühsam. »Ich will nicht beichten...«

Er muß wohl aus meinem Blick gelesen haben, daß ich ihn für verrückt hielt, denn er sprach weiter:

»Ich habe nie angenommen, daß ich einmal in deiner Gegenwart, fern von all meinen anderen im Alter gereiften Freunden sterben werde. Aber sein Los kann man sich nicht wählen. Ich will nun mal keinen Schwarzrock. Du kennst mich, mein lieber Junge, und du weißt, daß ich stets über die christlichen Praktiken gespottet und die göttlichen Gebote für nichts erachtet habe... Nicht, daß ich schlecht wäre. Nein, das nicht! Aber ich glaube nun mal nicht an Gott! Ich bin niemals zur Kirche gegangen, habe nie die Stirn vor Altären gebeugt, niemals meine Sünden bekannt. Ich glaube an das alles nicht...«

Ich war starr vor Entsetzen. Sicher, am Genter Hof wurde allgemein von Chastells Gottlosigkeit gesprochen, und so mancher große Herr ahmte ihn sogar nach. Herzog Philipp selber hat einmal gesagt, daß Chastell überaus ehrbar und edel sei und Gott daher viel verliere, wenn so ein Mensch nicht an ihn glauben will. Nun, das war am diesseitigen Ufer gewesen, jetzt aber segelte er geschwinde auf jenes andere Ufer zu, wo kein Platz mehr war für Possen und dumme Scherze. Und so glaubte ich, nicht länger mehr zögern zu dürfen und den Beichtiger rufen zu müssen. Aber er ließ meine Hand nicht los.

»Paß auf, was ich dir sage, mein Junge!« flüsterte er kaum hörbar. »Nicht Skepsis war in meinem Herzen, nur die Gewißheit, daß ich einst wieder zu Asche werde, in grenzenlose Finsternis falle, wo man vergebens nach Seiendem sucht. Und sogar jetzt, da mir der wunderliche Gedanke im Kopf herumgeht, daß ich dort vielleicht doch etwas vorfinden werde, habe ich das Verlangen, mir selber treu zu bleiben. Wenn es Gott nicht gibt, was soll mir dann der Jakobinerpater? Wenn es ihn aber gibt, was wird er dann von mir denken? Daß ich im letzten Augenblick, aus Angst vor ihm, in die Knie sinke? Wenn er ist – ist er groß und weise. Und wenn er groß und weise ist – verachtet er Hohlköpfe und Kleinmütige. Und eben darum werde ich ihm nicht entgegengehen!«

Der Knecht war mit Wasser zurückgekehrt. Ich schickte

den Burschen nicht zum Kloster. Chastell brachte die ganze Nacht in der stickigen Stube zu. Er stöhnte nicht einmal. Ich saß dicht bei der Tür und lauschte auf seine Atemzüge. Die Nacht war sehr kalt, mir schlotterten die Gebeine, eine grauenvolle Angst preßte mir das Herz zusammen. Und da sah ich zum ersten Mal dieses überaus merkwürdige Dreigestirn: unseren Herrn Jesus Christus, Pilatus und Petrus... Das zweite Mal erschienen sie mir vergangenen Herbst, als Farias de Saxe starb. Was das zu bedeuten hat, bei Gott, ich weiß es nicht. Aber ich erinnere mich noch, daß sich eine furchtbare Unruhe in mir breitmachte, ja schlimmer noch – mich jeden Gedankens beraubte: so als wenn ich ein Gefäß wäre, aus dem eine kostbare Flüssigkeit heraussickert.

Bisweilen drängte sich mir die Frage auf, woher im Menschen Mut und Hellsichtigkeit kommen. Man könnte die einfachste Lösung annehmen, nämlich: daß Gott die einen mit Tat- und Gedankenkühnheit bedenkt und die anderen nicht. Aber wen? Man sagt, die Edelgeborenen, doch daran glaube ich nicht, weil ich in meinem Leben so viele von Vornehmheit umkleidete Hasenherzen gesehen habe, daß ich zweifeln muß. Nehmen wir zum Beispiel Durance, den Vogt von Herrn de Saxe, und stellen wir ihn neben Chevalier du Losch. Ich habe von ihm noch nicht gesprochen. Er ist es auch gar nicht wert! Vor den Rat geführt, gab er eine regelrechte Vorstellung. Mehoune zählte lautstark seine Vergehen auf, und jener rief donnernd: »Ach, und wie, hochedler Rat, und wie! Ich habe auf die nichtswürdigste Weise gesündigt!« Als man seine Taten zu Ende aufgeführt hatte, fügte er von sich aus noch eine Menge anderer hinzu und bewarf sich selber so mit Dreck, daß sich sogar die einfachen Leute von ihm abwandten. Schließlich fragt Albert:

»Ist das alles, du Losch?« Er bejaht zunächst, aber bereitwillig denkt er nach, und als ob er sich plötzlich besinne, ruft er aus: »Hochedler Rat! Als Knabe habe ich Umgang mit einer Ziege gepflogen ...« Da konnte sich auch Albert das Lachen nicht verbeißen. Ich habe zunächst gedacht, dieser du Losch spotte unser, aber es war ihm ein Herzensbedürfnis, zu Kreuze zu kriechen. Er hat sich verrechnet, der Ärmste! Er hatte nämlich gehofft, sich schweifwedelnd eine Tracht Prügel zu verschaffen. Aber nachdem der Rat sich köstlich amüsiert hatte, befahl er, dem Chevalier den Kopf abzuschlagen. Bei der Urteilsverkündung wälzte sich du Losch tränenüberströmt auf dem Fußboden und umfaßte die Beine des Bäckers Mehoune, der sein Ankläger war. Da ereignete sich etwas Furchtbares – der Bäcker sagte: »Herr du Losch, gedenkt Eurer Herkunft. Es geziemt sich nicht, daß ein Ritter die Waden eines Bäckers umschlingt.«

Nachdem dieser Mensch in Arras enthauptet worden war, erinnerte sich niemand mehr auch nur des Namens du Losch. Durance hingegen, obschon minderer Abkunft, besaß immerhin den Mut, hocherhobenen Hauptes in den Tod zu gehen. Er verfluchte Albert, spie ihm vor die Füße, und noch in dem Augenblick, da die Flammen an seinem Leib emporzüngelten, rief er dem ehrwürdigen Vater zu:

»Komm näher, alter Bock, damit ich dir in die Fresse furzen kann!«

Also, wie ist das nun mit Mut und Hellsicht? Wenn nicht Gott darin ist, muß wohl etwas Menschliches darin sein, Chastell pflegte zu sagen: »Sei Herr deines Schicksals!« – Ach, ich weiß, nur darum geht es. Aber ich darf jetzt behaupten, daß ich nicht befriedigt wurde. Ich war ein Herr und war es doch nicht. Oftmals peinigte mich das Verlangen zu schreien, ganz gleich, was geschehen mochte, und dennoch schwieg ich. Dann wieder sprudelte eine zerstörerische Kraft aus mir hervor, und ich war bereit, meinen Kopf unters Beil zu legen, um irgend etwas zu retten, was ich nicht einmal beim Namen hätte nennen können. Ihr Herren! Ob es nicht darum geht, sich selber zu gefallen – mehr als sogar Gott?

Ich sehe euren Gesichtern an, daß ich euch langweile. Das ist verständlich, wenn man bedenkt, wie weit meine Sprache von der der Bürger Brügges abweicht. Wo ich mein Herz zerfetze, dünkt es euch ein Strohdreschen. Kehren wir also zu den Brabanter Schäfchen zurück:

Seit dem Tode des Grafen de Saxe waren keine zwei Tage vergangen, als ganz Arras von Mord und Totschlag widerhallte. Prozesse wegen Hexerei, Häresie und der allerehrlosesten Verirrungen hielten die Stadt in Atem. Niemand war sich des Tages oder auch nur der Stunde gewiß. Einige Fälle kamen vor den Rat, andere gingen ohne Urteilsspruch ab. Gervais der Damaszener, dessen Pferd durch Celus' Fluch verendet war, baumelte, von seinen Schuldnern aus dem Hause gezerrt, am Strick. Seine Ställe gingen in Flammen auf.

Albert hatte im Rat gesagt, daß nur die Einfältigen in den Himmel kommen, und das kehrte sich sogleich gegen alle Edelgeborenen. Glaubt nicht, daß Plebejerunruhen darauf folgten! Dergleichen konnte in Arras nicht passieren. Allzu träge sind die Gehirne der dortigen Bürger. Das schlichte Volk glaubte ganz einfach, daß die Höherstehenden eher in Teufelsversuchungen verstrickt werden. Niemand sprach in jenen Tagen in Arras von Gleichheit. Dagegen wollten viele aus den herrschaftlichen Gefäßen trinken und sich wie die Herren kleiden. Die anständigsten Leute – wie ein mir seit langem bekannter Wagner, der Lahme Thomas – gaben sich mit Raubüberfällen ab. Der genannte Wagner drang mit seinen Spießgesellen in die Räumlichkeiten Herrn de Vielles ein, band ihn unter der Decke an einen Balken und verhörte ihn wie ein Richter:

»Warum hast du gelästert?«

»Ich habe nicht gelästert«, antwortete Herr de Vielle.

»Wenn ich sage, du hast gelästert, dann hast du gelästert!«

»Ich habe nicht gelästert!« beharrte Herr de Vielle.

»Das geht dir diesmal nicht so glatt ab!« sagte Thomas. »Herr Albert hat die einfachen Leute der Stadt Arras mit der Gerechtigkeit betraut. Wir lieben Gott von ganzer Seele, und wir lassen Sünden nicht ungestraft durchgehen.«

»Was für ein primitiver Kerl du doch bist, Stellmacher«, erwiderte Herr de Vielle, der außergewöhnlich mutig war. »Du befaßt dich mit Wucher und prügelst deine Gesellen. Wie oft sind sie unter Tränen zu mir gekommen!«

Thomas versetzte ihm einen Schlag ins Gesicht:

»Nicht deine Sache, Sünder! Auch mit denen rechne ich noch ab. Jetzt bereit' dich auf den Tod vor, aber zuerst sag, wo du deine Dukaten versteckt hältst.«

Herr de Vielle blieb jedoch stumm. Nachdem sie ihn erschlagen hatten, durchsuchten sie das ganze Haus. Dabei stellte sich heraus, daß sein Besitzer arm gewesen war und außer seiner Ehre und seiner Abstammung nicht viel besessen hatte. Sie ließen den Herrensitz der de Vielle in Flammen aufgehen.

Anderntags kamen die Frauen an die Reihe. Unter dem Vorwurf der Hexerei wurden damals sieben Weiber verbrannt: zwei Edelfrauen, die anderen waren aus dem einfachen Volk.

Am Tag des heiligen Ambrosius behauptete der Bäcker Mehoune, der unter dem Pöbel jetzt die erste Geige spielte, ich sei seit vielen Jahren mit dem Hof in Gent nur allzu vertraut und habe es immer schon auf die Privilegien der Stadt Arras abgesehen. Er war es, der als erster schrie:

»Herr Jean liebt unsere Stadt nicht, wie sich's gebührt!« Nach ihm schrien es die anderen. Wieviel Wut war in ihnen ... Und was habe ich nicht alles über mich erfahren!

Ihr Herren! Der Mensch meint in seinen vier Wänden zu leben, außerhalb der Welt, gut verborgen vor Auge und Ohr seines Nächsten. Dem ist nicht so! Jeder von uns trägt Groll in seinem Herzen, dem er nicht erlaubt, in seinem Kopf herumzuspuken. Doch wenn die Stunde kommt, trifft alles zusammen, Steinchen auf Steinchen, Strohhalm auf Strohhalm, und ein furchtbares Bild entsteht daraus. Ich selber konnte mich nicht einmal auf einen Teil meines Lebens so genau besinnen, wie sie sich auf die Ganzheit besannen. Mein Gott, ich habe keine Ahnung, warum sie unbedingt meinen Kopf wollten! Was hatte ich ihnen denn getan? Ich war in dieser Stadt von Alberts Hand wie ein Quarkkäse geknetet worden – nach seinem Ab- und Ebenbild. Ich habe getreu, meines Verdienstes sicher, gedient. Und da schrien sie nun, man solle mich verbrennen.

»Wie gescheit ist Herr Jean!« riefen sie. »Viel zu gescheit, um in unserer Stadt weiterzuleben. Wir verlangen reinen demütigen Glauben, verlangen Gehorsam gegenüber dem Himmel und wünschen keine Neunmalgescheiten, die uns mit der Kompliziertheit ihrer Rede und ihrer Gedankengänge beleidigen. Unsere Hände sind schwielig geworden von schwerer Arbeit, und wir vertrauen nur unseren Händen und den Lehren der heiligen Kirche. Herr Jean aber verbringt Tage und Jahre mit Disputen und hat sich einen Verstand angeeignet, der des Satans Altar ist.«

Schon war ich so gut wie verloren, als Albert das Wort ergriff:

»Ich sage nicht, daß alles, was Herr Jean getan hat, Beifall verdient. Er hat sich schwer gegen die Stadt versündigt, denn trotz der vielen Jahre Unterweisung besteht er noch immer aus Zweifeln und Unschlüssigkeiten. Wenn ich euch sage, daß das heiße Christenherz Berge versetzen kann, kommt er einem sogleich mit seiner Ansicht, daß das Herz weder Hände noch Füße habe, um irgend etwas tragen zu können. Wenn ich euch zurufe, daß das Wollen alles bedeutet, verhehlt er durchaus nicht seine Zweifel und expliziert, daß auch die Vernunft von Gott stamme. Man sagt hier, der Verstand sei ein Werkzeug des Teufels! Das ist nicht wahr! Wahr hingegen ist, daß der Teufel nur im Verstand, niemals aber im Herzen eines Menschen wohnen kann. Ich vermag auf die Frage, ob Herr Jean schuldig ist, nicht zu antworten! Seine Häresie besteht hauptsächlich darin, daß ihm trotz eifriger Bemühungen das Vertrauen fehlt. Fortwährend unterliegt er den wunderlichsten Einflüsterungen. Deren Quelle kann durchaus der Teufel, kann aber auch ganz einfach Schwäche sein. Unsere Sorge sollte eher der Errettung, nicht der Verdammung dieser Seele gelten. Ich meine, man soll Herrn Jean aus dem Rat entfernen, um ihm Zeit zu Gebet und Meditation zu geben. Dann wird man ja sehen...«

Als ich den Ratssaal verließ, sagte ich laut und vernehmlich, daß ich der Stadt Arras treu bin und bleibe. Der Bäcker Mehoune lachte bitter auf. Damals sah ich ihn zum letzten

Mal. Am Tag darauf nahm ihm ein Mensch, dem er die Tochter verführt hatte, das Leben.

Da saß ich also in meinem Hause, weit von allen Angelegenheiten der Stadt! Die folgenden Tage verbrachte ich in absoluter Einsamkeit, lauschend vertieft in den Lärm grauenvoller Abrechnungen. Und wirklich gab ich mich Meditationen hin. Die Lage, in der ich mich befand, war überaus grausam. Auf den ersten Blick mochte es scheinen, daß Arras meine Person verleugnet hätte, doch so verhielt es sich nur scheinbar. In Wirklichkeit hatte ich selber die Stadt aus meinem Herzen gedrängt. Ach, mich berührten nicht die Urteilssprüche des Rates. Niemand maß dem wirren Zeug Gewicht bei, das in den Köpfen dieser primitiven Kerle spukte, und Albert machte schon seit langem auf mich den Eindruck eines Besessenen. Um ehrlich zu sein, ich verdächtigte ihn eigentlich nicht des Wahnsinns, sondern witterte hinter alldem vielmehr einen geheimen Plan, in den er andere nicht einweihen wollte. Daher fühlte ich mich durch den Ratsausschluß durchaus nicht betroffen. Ich betrachtete ihn sogar als einen Gewinn! Die letzten Tage hatte ich an Dingen teilgehabt, die meiner Überzeugung zuwiderliefen. Wenn Arras ins Uferlose sinken wollte, dann sollte es das ohne meine Hilfe tun. Um so besser, wenn ich zu Hause saß, völlig isoliert und nunmehr ganz sicher ohne Einfluß auf den Lauf der Ereignisse. Nicht das Urteil des Rates also war für mich verabscheuungswürdig, sondern der Rat selber. Ich bekenne, daß ich Bitterkeit empfunden habe bei dem Gedanken, daß ich solange gebraucht hatte, um sein wahres Gesicht zu erkennen. Das zeugte von keinem scharfen Verstand ...

Schlichte Gemüter sind sicher bereit anzunehmen, daß ich angesichts der mir drohenden Gefahr gereift sei.

Solange ich ganz oben war, hatte ich mir erlaubt, auf Irrwegen zu wandeln zusammen mit der ganzen Stadt... Als ich jedoch herabstürzte, ging mir ein Licht auf. Eine kluge Einschätzung wäre dergleichen nicht, meine Herren! Die Angelegenheit ist durchaus nicht so seicht. Wie in allem steckt auch in einer solchen Auffassung ein richtiger Kern. Nur daß es im menschlichen Leben beinah immer so ist und man dann nicht auf den Wind schimpfen darf, der zum Hafen weht. Ihr wißt das doch durch euer enges Band zum Meer am besten.

Empfindet ein denkender Mensch sein Abgesondertsein nicht als das schwerste Leiden? Die Gesellschaft Gottes, selbst wenn sie die beste aller möglichen Gesellschaften ist, bereitet uns eher Pein als Freude. Denn im Grunde sind wir auch weiterhin einsam. Ein Einsiedlerleben! Wie sehr habe ich das stets verachtet! Man muß sich gänzlich allen Menschseins entäußern, um ein Leben, fern von der Welt, inmitten undurchdringlicher Wälder oder unzugänglicher Berge, zu führen. Es geht nicht darum, daß sich ein Mensch von Wurzeln und Quellwasser ernährt! Aber wo liegt das Maß seiner Taten?

Man sprach einst von einem Einsiedler aus Artois, der hier vor Jahrhunderten gelebt und dem wilden Getier das Evangelium gepredigt habe. Ich denke, das muß ein Irrer gewesen sein. Zunächst mochte ihm scheinen, daß Wölfe, Füchse und Marder aufmerksam seinen Worten lauschten, ja sogar den Lehren der Heiligen Schrift nachzufolgen trachteten. Doch die Wolfsnatur mußte schließlich wieder die Oberhand gewinnen, und das Tier sagt gutmütig: »Unterbrich, ehrwürdiger Vater, deine Predigt; wir sind nämlich hungrig und müssen in den Wald gehen, um einen Hirsch zu reißen...« Da, so denke ich, ist der Einsiedler mit ihnen ins Waldesdickicht gegangen. Zuerst hat er sich umgeschaut, dann hat er gegessen, und endlich hat er selber gejagt. Und weil er weder starke Reißzähne noch scharfe Krallen besaß, tötete er am grausamsten von dieser ganzen wilden Horde. Und erst jetzt konnte er zum Anführer seiner Herde werden...

Ich hatte einen älteren Bruder, meine Herren! Der schloß sich dreißig Jahre lang bei den Kartäusern ein. Lange, lange bekam er keinen einzigen Menschen zu Gesicht, ging nur immer mit dem eigenen Glauben um. Dort, bei den Kartäusern, fiel er restlos dem Wahnsinn anheim. Ich sage euch, es müssen irgendwelche Maßstäbe für unsere Gedanken und Taten existieren – und auch für unsere Liebe zu Gott. Sogar wenn Gott überhaupt nicht existieren und er nur unsere Sehnsucht bilden sollte, müßte auch diese gemessen werden zwischen dem einen und dem anderen Menschenherzen.

Bisweilen in meinem Leben dünkte es mich, daß ich aus einem düsteren Wald herausschaue, wo ich wie das Moos war, wie die Blätter oder die flinken Wiesel. Damals wußte ich noch nicht, daß ich *bin.* Aber nachdem ich erst einmal Wissen über mich zusammengetragen hatte, begann ich nach einem Bezugspunkt zu suchen, und ich fragte: Wo ist er?

Wenn von Brügge aus ein Schiff auf große Fahrt geht, vereint die auf dem Deck Versammelten nur das Bewußtsein, daß sie allein auf der Welt sind, allein inmitten der entfesselten Elemente des Ozeans. Sie blicken auf zu ihrem Kapitän, und jeder Matrose vertraut ihm mehr als Gott. Eine unachtsame Bewegung genügt, und der Mensch findet sich über Bord wieder – in Verlassenheit und Verderben. Alle wissen das, und darum halten sie zusammen. Gemeinsam packen sie das Ruder und gemeinsam hissen sie das

Segel. Wenn einer zweifelt, genügt es, daß er auf die starken Arme des Gefährten schaut, um sich wieder frischer zu fühlen. Und wenn sie durch Untiefen und zwischen Felsenriffen hindurchsegeln, lassen sie kein Auge von den Lippen des Kapitäns. Ach, ich habe gehört, wie schwer es die Männer auf euren Schiffen haben! Das widerlichste Gewürm, erbärmliches Essen, eine grausam harte Arbeit und die Peitsche der Aufseher. Wer sich auflehnt, den knüpfen sie an der Reling auf. Die Seeleute verfluchen ihr Geschick, und nicht selten hassen sie das Schiff. Aber bei dem Gedanken, es könnte auf ein Riff auflaufen, bersten und versinken, packt sie die Angst. Es hat Männer gegeben, die ähnliche Vorfälle miterlebt haben. Sie hatten sich auf einen winzigen Kahn gerettet – ein Spielball der Wogen über Wochen hinaus. Allein, zwischen Himmel und Wasser, erinnerten sie sich fast mit Zärtlichkeit ihres Schiffes, der Kameraden, des Kapitäns und sogar der unbarmherzigen Aufseher. Auf Deck waren sie, trotz allem, Menschen gewesen, wo sie jetzt nichts weiter waren als ein Spaß für die tobenden Elemente ...

Man selber zu sein bedeutet, nicht jemand anderes zu sein. Und das ist alles! Aber nicht jemand anderes sein kann man nur inmitten von anderen. Das ist es, warum ich im Rat gesessen habe und in Arras geblieben bin!

Ja, das stimmt – wenn auch nur teilweise. Denn als man mich aus dem Rat entfernte, begriff ich, daß ich nicht ohne Schuld war. Jean, sprach ich zu mir selber, warum hast du Farias de Saxe nicht verteidigt? Weil er keine Verteidigung verdient hat, antwortete ich mir auf der Stelle. Er verstand sein Leben nicht zu schätzen, und so war es ganz richtig, daß er zugrunde ging! Aber sogleich verfolgte mich ein neuer Gedanke. Da jene für die Hinrichtung Farias de Saxe' gestimmt haben, hätte ich, wenn ich ein anderer sein wollte, dem Widerpart bieten müssen. Der Wunsch nach Einhelligkeit des Gedankens, erwiderte ich mir darauf, ist offenbar stärker als der Wunsch nach Wahrhaftigkeit. Denn nicht aus der Wahrheit schöpfen wir das Gefühl der eigenen Sicherheit, sondern aus der Gemeinschaft. Arras ist das, was uns im Guten und Bösen verbindet. Und außer Arras besitzen wir nichts. Und der Glaube? fragte ich bang. Der Glaube, entgegnete ich unverzüglich, ist ein Körnchen – während Arras der Erdboden ist. Ohne diese Stadt würde der höhnische Wind unseren Glauben über fremde Felder verstreuen, und wir würden Bettler sein an den zugeschlagenen Pforten der Heiligtümer.

Meine Herren! Während ich euch meine Gedanken vom vergangenen Herbst vortrage, bin ich innerlich kühl und ruhig. Aber damals durchlebte ich ein verzweifeltes Auf und Ab der Gefühle, ich irrlichterte durchs Haus wie ein Nachtfalter im Fackelschein und fand keinen Augenblick Linderung. Alle frivolen Gelüste waren mir vergangen, nicht einmal Lust auf eine Frau verspürte ich, obwohl ich sie hätte haben können – es gab ja genügend dienstbare Weiber, die nur eines Winkes von mir harrten. Tage- und nächtelang suchte ich nach einem Ausweg, und unterdessen blutete die Stadt wie eine offene Wunde. Gute Freunde kamen zu mir gelaufen und berichteten von den schrecklichsten Dingen. In diesen Tagen war es durchaus nicht wie damals während der Pest. Damals kämpfte Arras um sein Leben. Jetzt ging es nur noch um die Begleichung niedriger Rechnungen. Auf jeder Straße trieben sich Zuträger herum und lauschten, was andere sprachen. Dann liefen sie damit zum Rat. Im Rat selber stand es schlecht; einer blickte auf den anderen scheelen Auges. Der Wagner Thomas, der das Haus Herrn de

Vielles geplündert hatte, klagte den Rat an, geheime Abmachungen mit David getroffen zu haben. Anfangs wurde er ausgelacht, aber er war zu gerissen und hatte außerdem eine Schar des allerübelsten Gelichters um sich versammelt. Also nahm ihn Albert in den Rat auf, damit er eine beratende Stimme habe.

Dieser Wagner besaß genügend Verstand. »Nein«, sagte er, »das darf nicht sein, daß ein jeder nach eigenem Gutdünken Gerechtigkeit zumißt. Dazu ist der Rat mit dem ehrwürdigen Vater Albert an der Spitze da. Genug der Überfälle auf den Straßen, genug des Halsabschneidens! Wer mit einem anderen eine Rechnung zu begleichen hat, komme zum Rat...« Man hörte ihn mit großer Freude, denn die soliden Leute fürchteten sich inzwischen bereits, in der Dämmerung auch nur die Nase aus ihrer Behausung zu stecken. Sie glaubten, der Lahme Thomas würde die Ordnung wiederherstellen. Und was für eine Ordnung er ihnen gab! Kommt ein Kamerad zu ihm und sagt: »Thomas, mein braver Freund. Ich hab' da mit Herrn Astruc ein Hühnchen zu rupfen. Er hat mir einen Dukaten geborgt, aber ich will ihn nicht zurückgeben. Unternimm was in dieser Sache!« Thomas kratzt sich den Schädel und sagt: »Reich Klage gegen Herrn Astruc ein.« – »In welcher Sache denn?« fragt ihn der Kamerad. – »Das findet sich!« antwortet Thomas. »Komm abends zu mir, und ich werd's dir sagen!« Und man bereitet eine Anklage gegen Herrn Astruc vor, nämlich: daß er die Allerheiligste Dreifaltigkeit beleidigt habe. Herr Astruc war ein Stotterer. Wenn er ein Gebet sprach, reichte ihm die Sprache für den Vater und den Sohn, über den Heiligen Geist dagegen stolperte er stets; hier mußte er Atem schöpfen. Seine Zunge war bis zu einem solchen Grade schwerfällig, daß er selbst dann, als man ihm einen Scheiterhaufen anzündete und er betete, den Heiligen Geist nicht ohne Zaudern hervorbringen konnte.

Eines Nachmittags kam Pierre de Moyes zu mir, ein langjähriger Freund, der noch immer im Rat saß.

»Jean«, sagt er, als wir miteinander allein waren, »es ist Anklage gegen dich erhoben worden, du sollst arretiert werden.«

»Das kann doch nicht sein!« ruf' ich aus, von Furcht gepackt. »Was meint Albert dazu?«

»Albert hat unter Druck des Rates zugestimmt«, antwortet de Moyes.

»Und wer war dagegen?« frage ich den Freund.

»Gegenstimmen hat's keine gegeben«, erwidert der und wird ein wenig traurig. Doch hastig fügt er hinzu: »Um so eiliger bin ich zu dir gekommen, um dich vom Beschluß des Rates in Kenntnis zu setzen.«

Als er mein Haus verließ, schaute er sich wachsam nach allen Seiten um. Er war ein sehr ehrenwerter Mann, wenn auch ein Schwächling ...

Allein geblieben, erlangte ich sogleich meine Ruhe wieder. Also sind sie eines Sinnes und begreifen nicht das Unrecht, das sie da anrichten. Sie hatten ihr Gewissen an die Herde abgetreten – wie Schafe, Sündenböcke ... Und niemand unter ihnen kam auf die Idee, daß es keine tyrannischere Tyrannei auf der Welt gab als die Einhelligkeit, daß es keine ignorantere Ignoranz gab als die Einhelligkeit, keine dümmere Dummheit als die Einhelligkeit. Sie verbargen sich hinter ihr, und damit legten sie sich den Strick um den Hals. Ach, wie sehr litt ich unter meiner Einsamkeit, doch gleichzeitig war ich stolz, daß ich an dem allem nicht teilhatte.

Eben damals faßte ich den besagten Entschluß.

Ich rufe einen vertrauenswürdigen Menschen und sage zu ihm: »Sattle mein bestes Pferd und führ es zum Tor des heiligen Ägidius. Ich selber werde um Mitternacht dort sein.«

»Herr«, sagt der Diener, »alle Durchfahrtswege sind bewacht.«

»Ich weiß, ich bin gewappnet und habe zudem nicht viel zu verlieren. Wenn's sein muß, schlage ich mich mit Waffengewalt durch die Wachen und fliehe zu Fürst David.«

»Die Stadt wird dich dafür segnen, Herr!« ruft er aus. »Wenn bloß der Fürst hierherkommt, die ganze Teufelei hat dann ein Ende!«

»Das denke ich auch«, sage ich. »Ich werde hier nicht ruhig sitzen, während die Köpfe unschuldiger Bürger rollen ...«

Der Diener ging hinaus, kehrte aber sogleich zurück.

»Herr«, sagt er, »ich fürchte für dein Leben. Wenn es sein muß, gehe ich mit dir. Ich verstehe das Schwert zu führen.«

»Ich werd's mir überlegen«, sage ich und heiße den Diener gehen, damit er nicht die Tränen in meinen Augen sieht.

Wie froh ich war, daß man mich liebte! Daß ausgerechnet er es war, der dem Rat mein Vorhaben verriet, erfuhr ich erst später ...

Im Namen des Vaters und des Sohnes und des Heiligen Geistes. Amen. Ich fürchtete mich entsetzlich. Wußte ich doch besser als jeder andere, was einen Wagehals, den die Wachen zu fassen bekamen, erwartete. Die Stadt Arras ist in dieser Hinsicht sehr grausam; sie schätzt nämlich die

Anhänglichkeit ihrer Bürger. Die Torturen konnten nicht kürzer währen als von Sonnenaufgang bis Sonnenuntergang. Ich selber gehörte mit zu den Verfassern dieses Gesetzes, welches wir den Bürgern in dem Jahre, da die Pest erlosch, verkündeten. Ein Trost war für mich, daß es bereits Spätherbst war. Im Hochsommer waren die Torturen am unbarmherzigsten und dauerten am längsten. Aber ich begriff auch ohnedies, daß das Risiko groß war. Nicht einmal denken mochte ich daran, was geschah, wenn ich ihnen in die Hände fiel...

Ich verließ das Haus vor Mitternacht. Die Zeit war überaus günstig. Finstere Nacht, der Himmel bewölkt, keine Spur von Mond und Sternen. Die Stadt schlief, nur aus der Ferne klang das Chorgebet aus der Kirche der Allerheiligsten Dreifaltigkeit herüber. Ich hatte mir eine Kapuze übergezogen und mich in einen Mantel gehüllt. Ich trug auch einen Dolch mit handlichem Griff bei mir, der sehr schmal und spitz war und den man mit einem gezielten Stoß jemandem ins Herz senken konnte. Langsam schritt ich dahin, um keine Aufmerksamkeit zu erregen. Mein Diener erwartete mich unweit des Tores des heiligen Ägidius. Das gab mir Kraft, denn ich rechnete auf seine Hilfe. Im Dunkeln konnte ich sein Gesicht nicht sehen, aber ich freute mich, daß er bei mir war. »Hast du eine Waffe?« frage ich leise.

»Ja«, antwortet er mit so schwacher Stimme, daß ich erschrecke. Ich blicke zum Tor und sehe es weit geöffnet, die Wachen würfeln... Dergleichen war bisher noch niemals geschehen. Stets hatte sich die Stadt Arras in der Dämmerung dicht verschlossen, um mit Aufgang der Sonne ihre Tore von neuem für die ganze Welt zu öffnen. Ich hatte damit gerechnet, mich die Mauer herablassen zu müssen, und zu diesem Zweck starke Hanfseile am Sattel befestigt. Die Gräben waren seit langem ausgetrocknet, weil es an Regen gefehlt hatte, und unterhalb der Mauern erstreckte sich nunmehr ein unerfreulicher Sumpf, der jedoch, die Beine bis zu den Knien im Morast, leicht zu durchqueren war. Ich hatte mir ausgedacht, daß ich von der anderen Seite die geheime Pforte öffnen würde, die man während der Pest in die Mauer gehauen hatte, und daß der Diener dorthin das Pferd führen sollte. Die Pforte war von außen verschlossen, weil sie der Bischof für den Gebrauch der Wachen hatte anbringen lassen, die damals jenseits der Stadtmauern lebten.

Auf diese Weise also hatte ich meine Flucht geplant, und da sah ich nun die Tore weit offenstehen!

Mein Diener flüstert plötzlich: »Herr, verzeih mir meinen Kleinmut, aber Feigheit hat mich übermannt, und ich werde nicht mit dir gehen ...«

»Wie das?« frage ich. »Du selber hast mir deine Hilfe angeboten.«

»Ja, ich weiß«, antwortet mein Diener. »Aber mir klappern die Zähne, wenn ich daran denke, was passiert, wenn sie uns ergreifen. Sie ziehen einem die Haut ab, hacken nacheinander alle Glieder ab, reißen die Zunge heraus, brennen die Augen, und dann, nach und nach ...«

»Schweig, blöder Kerl!« unterbrach ich den Elenden, aber die Haare standen mir zu Berge. Und er verstummte. Ich sah zum Tor hinüber. Ein Zisterziensermönch kam, sich auf seinen Wanderstab stützend, des Wegs. Man würdigte ihn keines Blickes. Es war ein Fremder, bei uns in Arras hat es nie Zisterziensermönche gegeben. Ich dachte bei mir, wenn er verständig ist, wird er den Fürsten von allem, was in der Stadt vor sich geht, in Kenntnis setzen.

Daher sagte ich zu meinem Diener: »Bring das Pferd in den Stall zurück und leg dich schlafen.«

Bevor ich mich noch umschauen konnte, war er bereits verschwunden.

IM NAMEN DES VATERS UND DES SOHNES UND DES HEILIGEN GEISTES. AMEN. Ich habe bereits gesagt, daß mir die Stadt Arras einen höllischen Streich gespielt hat. Wie hätte ich sie bei offenen Toren verlassen können? Etwas anderes war es, Schwierigkeiten zu überwinden, sich mit den Wachen einen Kampf auf Tod und Leben zu liefern. Aber so? Als er sein Urteil fällte, ahnte der Rat nicht, daß mich Albert so grausam in Versuchung führen wollte. An demselben Abend wurden die Tore nicht geschlossen.

Nach Hause zurückgekehrt, fühlte ich, daß ich mich verhalten hatte, wie es sich gebührt. Wenn schon die Stadt verrückt war, würde ich doch meinen klaren Kopf behalten. Wenn sie schlecht war, würde ich ein guter Mensch darin sein. Albert wollte mich mit Vertrauen knebeln. Einverstanden, dachte ich mit einer gewissen Rührseligkeit, ich zahle mit derselben Münze zurück, obwohl ich weiß, daß ich dafür schwer werde büßen müssen. Wenn Arras wünscht, daß ich an der allgemeinen Vernichtung teilhabe, so werde ich für alle hier ein lebender Vorwurf sein.

Es klingt unglaubwürdig, ihr Herren, aber ich begab mich in dieser Nacht zur Ruhe, und ich schlief gut. Es weckte mich die Sonne, als sie bereits hoch am Himmel stand. Mein erster Gedanke war der Zisterziensermönch, den ich auf der Brücke gesehen hatte. Wenn er auch nur ein Fünkchen christlicher Barmherzigkeit in sich birgt, geht er gewiß nach Gent. War solches denn nicht seine Pflicht? Ich wußte auch, daß die Zisterzienser Albert nicht mochten, weil er sie stets verhöhnt und dafür die Dominikaner in den Himmel gehoben hatte. Das wiederum war durchaus begreiflich, zog man die Predigerneigung des ehrwürdigen Vaters und auch seine Willfährigkeit, die er gegenüber einem jeden Bischof an den Tag legte, in Betracht. Also durfte ich hoffen, daß jener Mönch geradewegs nach Gent ging. Fieberhaft überschlug ich, wieviel Zeit es brauchte, bis David vor den Toren von Arras erscheinen würde. Die Rechnung fiel nicht allzu ermutigend aus – vor allem, wenn man bedachte, daß die Wachen mich jeden Augenblick holen konnten.

Und so ging ein Tag in Unruhe, wachsamem Lauschen auf die Schritte im Hof und Ausschauhalten nach den heranrückenden Wachen dahin. In einem fort schickte ich meinen Leibdiener hinaus auf die Straße, damit er mir Nachricht gäbe, und jedesmal kehrte er mit der Kunde zurück:

»Leer, Euer Wohlgeboren, bloß die Schweine grunzen beim Zaun . . .«

Bis endlich, lange nach Sonnenuntergang – die Öllampe war bereits heruntergebrannt –, am Haustor Geschäftigkeit einsetzte, der Diener hereinstürzte und den ehrwürdigen Vater meldete. Ich begrüßte ihn an der Schwelle. Er aber reichte mir nicht einmal die Hand zum Kuß, sondern schrie sogleich, daß ich Arras und seine Bürger nicht liebe. Ich widersprach, worauf er sagte:

»Du wolltest dich bei Nacht und Nebel zum Bischofshof davonmachen und uns David auf den Hals hetzen.«

Ich leugnete. Er lachte. Ich sah, daß er schwach war und furchtbar aufgedunsen; ihn peinigten Wasser im ganzen Leibe, die mit jedem Tag zunahmen. Ich bitte ihn also ins

Haus, rufe die Bediensteten, befehle, geschwind einen Trunk zu reichen.

»In diesem Hause will ich nichts trinken!« rief Albert zornig. Und er wiederholt noch einmal, daß ich die Absicht gehabt habe, mich aus dem Staube zu machen.

»Das ist nicht wahr…«, erwidere ich forsch. Daraufhin läßt er den Diener kommen, den ich mit dem Reitpferd zum Tor vorausgeschickt hatte.

»Sag, was du mir gestern morgen zugetragen hast!« befiehlt Albert.

Der Diener bekannte alles, wobei er mich herausfordernd ansah. Ich begriff sofort, daß ich da eine Schlange an meinem Busen genährt hatte, die mich nun ins Verderben stürzte.

Als Albert und ich wieder allein waren, sprach ich:

»Vater, höre mich an! Es stimmt, daß ich zum Bischof wollte, ich kann diese Greuel nicht mehr länger mitansehen. Es ist Zeit, damit Schluß zu machen! Zeit für die Stadt, sich auf ihr Gewissen zu besinnen und Buße zu tun…«

Er wollte mich unterbrechen, aber ich redete weiter, weil mir klar war, daß ich um mein Leben kämpfte:

»Daher trug ich mich mit dem Gedanken, zu David zu gehen. Aber immerhin hab ich's nicht getan, habe mich vielmehr im letzten Augenblick zurückgezogen; denn dies hier ist meine Stadt, und ich will sie nicht verraten, nicht einmal für eine gute Sache!«

Albert lachte so kalt und grausam, daß mir die Beine zu versagen drohten.

»Du lügst!« zischte er, und Speichel tropfte ihm dabei in den Bart. »Du lügst, Jean! Nicht aus Liebe zur Stadt Arras, sondern aus gerissener Feigheit hast du deine Fluchtpläne aufgegeben. Wenn dich der Diener nicht verlassen hätte, wärst du durchs Tor geschritten, und zuvor hättest du den Wachen einen Kampf geliefert. Aber sie haben dort bereits auf dich gewartet. Ich wollte dich nämlich auf die Probe stellen. Aber du hast mich überlistet... Klug bist du und widerlich. Du hast gewußt, was dich vom Henker erwartet, wenn man dich schnappt. Da wäre keine Rettung mehr gewesen...«

Bei seinen letzten Worten stahl sich ein Hoffnungsschimmer in mein Herz. Aber schnell tilgte er ihn wieder:

»Du gehst unters Schwert! Aber ich erspare dir die Folter.«

»Vater!« sage ich. »Das machst du doch nicht mit deinem treuesten Schüler! Was willst du denn von mir und von dieser Stadt? Welche Teufel reiten dich, und was bezweckst du damit, wenn du hier Scheiterhaufen entfachst und die achtbarsten Leute dem Henker übergibst?«

Hier kreischte Albert auf und hob die Hand, als wenn er mich schlagen wollte, aber plötzlich war alles in ihm erschlafft; matt sank er auf eine Bank nieder.

Ich schaue auf ihn – und begreife nichts. Denn Albert weint. Tränen rinnen ihm über die aufgedunsenen Greisenwangen, rieseln in seinen weißen Bart. Er bebt am ganzen Leibe wie ein Strauch im Wind. Ich klatsche in die Hände und befehle dem Lakaien, einen Krug Most zu holen.

»Nicht nötig«, sagte Albert leise. Doch dann trank er gierig. Und wieder begann er zu weinen. Ich hatte mich zu ihm gesetzt. In mir zuckte die Hoffnung wie ein verkappter Falke, und auch bitteres Mitleid sprengte mir schier die Brust. Schließlich war dieser Mann mein langjähriger Beschützer und Lehrer, der allerehrwürdigste und härteste Mann unter der Sonne, der nun schon seit zwanzig Jahren die große Stadt Arras im Zaum hielt – und da weinte er nun wie ein Kind und konnte kein Wort hervorbringen.

»Vater Albert«, sagte ich weich, »gib Frieden ... Alles wird gut!« Und während ich das sagte, glaubte ich sogar daran. Ich hatte auf ihn einzureden begonnen, wie man ein kleines Kind tröstet, und ich verspürte sogar Lust, seine Hand zu fassen, um sie zu küssen, aber auf einmal war mir wieder gegenwärtig, was rings um mich geschah, und ich hielt mich zurück.

Da blickte er mich unter den geschwollenen Lidern hervor an – so schauten nur die Augen eines Blinden. Aber er sah.

»Hast du gedacht, Jean, daß mir in dieser Stadt leicht zumute ist?« sagte er leise. »Hab ich vielleicht ein Herz aus Stein und ein Gemüt, das gelähmt ist durch Feindseligkeit gegenüber dem Menschengeschlecht? Ich leide so schrecklich in Arras wie niemand sonst.«

»Was bezweckst du, Vater?«

»Sie zu befreien!« sagte er unerwartet kraftvoll. »Ihnen ein Licht anzuzünden in dieser grausamen Finsternis ...«

Seine Stimme klang wieder fester, und die Tränen auf seinem Gesicht waren getrocknet. Aber glaubt nicht, meine Herren, daß da eine Inspiration in ihm gewesen war oder ein Teufelsfunke! Nichts dergleichen! Wenn dort etwas war unter der Schale der Worte, dann die erstaunliche Nüchternheit eines Verstandes, der alles erwog, alles verknüpfte und alles bis auf den Grund durchleuchtete. Um so schrecklicher waren seine Worte:

»Jean«, sprach er zu mir, »ich habe dich als meinen Nachfolger gesehen ... Denn ich weiß wohl, daß ich selber nicht mehr ans Ziel komme. Der Weg ist sehr lang und erfordert nicht wenig Härte. Denk an diese unglückselige Stadt. Wie sehr sehnt sie sich nach Befreiung! Die Menschen wurden aus dem Paradies vertrieben, sie fühlen, daß diese Welt nicht ihre Welt ist; fremd ist sie ihnen und schwer erträglich, böse und gleichgültig. Sie wurden geboren und starben im jämmerlichen Lauf der Dinge zwischen Schafscheren und Hanfschwemmen und dem Weben von Serge. Sie wurden geboren und starben, ohne zu wissen, weshalb sie leben mußten auf dieser Erde. Denn es darf doch nicht das Ziel des Menschenlebens sein, Schafe zu scheren, Hanf zu weichen und Serge zu weben. Und es ist nicht sein Sinn und Zweck, daß man mit Frauen schläft, ißt, Kühe melkt, Pferde beschlägt und das Waldgetier jagt. Wo ist das Paradies, das sie noch vor ihrem Auf-die-Welt-Kommen verloren haben, und wo soll man es suchen, um ein kleines bißchen Sinn in dieser verrückten Mühle zu finden? Vor Jahren fiel die schreckliche Seuche auf sie herab. Sie schnitten sich gegenseitig die Kehlen durch und fraßen Menschenfleisch. Die Hölle! Und als die Seuche vorüber war, kehrten sie wieder zu Hanf und Serge zurück, wurden nachlässig, zweifelten; die Herzen verdorrten ihnen zu Hobelspänen. Wenn der Löcherpilz einen mächtigen Stamm zerfrißt, braucht es Äxte und einen starken Arm, um diesen umzuhauen. Manchmal reicht das nicht aus, und ein feuriger Blitz muß vom Himmel herniederfahren und das Bauminnere ausbrennen, den Baum umstürzen, ihn in einen rauchenden Scheiterhaufen verwandeln, damit im Jahr darauf gesunder Same auf der Brandstätte keimen kann ... Am Westtor, wo die Juden wohnen, gibt es einen kleinen Teich, der dicht mit Entengrieß und Wasserlilien bewachsen ist. Die Zeit fließt dahin, und der Teich wächst immer mehr zu. Als ich vor

Jahren hierherkam, sah ich dort noch klares Wasser und eine Fülle fetter Karpfenfische in der Tiefe. Aber Jahr um Jahr verrann, der Entengrieß kam vom Ufer her, die Lilien überwucherten den ganzen Teich, und schon sah man keinen Wasserspiegel mehr, nur einen grünen Pelz aus Pflanzen – gefräßigen, unersättlichen Pflanzen. Die Karpfen trieben mit geblähten Kiemen an der Oberfläche. Es gab keinerlei Leben mehr im Teich. Und das hat mich furchtbar gequält. Warum gibt es kein Licht für diese unglücklichen Fische in der Tiefe? Müssen sie hoffnungslos zugrunde gehen? Immer wieder wanderte ich zu diesem Teich und warf Steine ins Wasser. Der ganze grüne Pelz plusterte sich wütend auf, eine Bewegung lief über die Wasserfläche dahin, der Entengrieß zitterte, die Lilien kringelten sich zusammen und machten sich flach, und eine Fontäne klaren Wassers schoß aus der Tiefe empor. Da dingte ich Leute, damit sie mit mir zusammen Steine in den Teich warfen. Sie hielten mich für verrückt. Nicht jeder versteht die Liebe. Was mit dem Teich geschah? Ein richtiger Höllenpfuhl... Ach, wie wollte ich mit Feuer diese Lilien und Flechten verbrennen, um den Wasserspiegel freizulegen und ihn den Sonnenstrahlen auszuliefern! Als die Leute die Steine warfen, begann sich in der Tiefe etwas zu regen – das Wasser belebte sich, so als sei der Teich endlich erwacht. Ich befahl den Leuten, die Lilien mit Ruten zu züchtigen, und die Leute züchtigten sie. Und die Lilien, sie wanden sich vor Schmerz, zuckten wie wild, aber dort, wo die Schläge hinfielen, enthüllte sich der klare Wasserspiegel. – Jean, vertrau mir, ich beschwöre dich! Man muß diese Stadt bis aufs Blut peitschen, von allen vier Weltenden anzünden, in einen Wohnsitz für wilde Tiere verwandeln, damit sich das wahre Antlitz des Menschen enthüllt! Nur nach dem einen tragen die Menschen Verlangen: nach Veränderung! Auch wenn dies furchtbarer Schmerz bedeuten sollte, so wünschten sie ihn; denn alles, was ihr Leben ausgemacht hat, war leer, flach, stinkig, träge, faulig und ohne Geschmack. Streck die Nase in die Luft, und was riechst du? Nichts. Ganz Arras war eine einzige große, in die Luft gestreckte Nase. Sie starben sogar ohne Furcht und Bedauern – so klein und nichtig waren sie. Ach, wenn du glaubst, daß ich diese Menschen zu Engeln machen wollte, irrst du dich gewaltig. Ich wollte bloß, daß sie menschlicher würden, als sie es bisher gewesen sind. Jean, mein Sohn, sag mir! Wann kann man die Süßigkeit der Tugend erfahren? Dann, wenn man der Sünden Bitternis gekostet hat. Wann kann man wirklich begreifen, was Friede heißt? Wenn man weiß, was Unruhe und Furcht bedeuten! Wann kann man nach Gott verlangen? Dann, wenn man das Teuflische durchlebt hat! Wann kann man Gefallen finden am einfachen Leben? Wenn es den Tod gestreift hat. Wann vermag man Speise, Kleidung, Reitpferde, das Euter einer Kuh, die Schönheiten eines Gewebes, die Berührung feiner Serge richtig zu schätzen? Wenn man Tag und Nacht in Verzweiflung, Schmerz und höchster Sorge gebrannt hat! Wann endlich weiß man die Dauerhaftigkeit gewisser Werte anzuerkennen? Wenn man bis auf den Grund gesunken ist, dorthin, wo nichts mehr beständig und von Wert ist... So, auf diese Weise, führe ich die Stadt zu wirklicher Freiheit...«

Er verstummte. Ich aber sah ihn an und dachte: Er ist wahnsinnig geworden. Doch Albert erriet meine Gedanken.

»Du glaubst, ich bin verrückt, was? Na, dann zeig mir einen anderen, besseren, menschenwürdigeren Weg. Seit die Welt besteht, leiden die Menschen unaussprechlich.

Propheten kommen zu ihnen und sagen: ›Folget mir nach, ich bin's, der euch ins Paradies führen wird!‹ Und die Menschen gehen, weil der Mensch nichts so sehr wünscht wie zu gehen... Es ist durchaus nicht wichtig, wohin, sondern nur, daß er sich bewegt. Mein Schüler, hab Vertrauen zu mir! Nichts Schwierigeres gibt es, als Gott für sich zu gewinnen! Ihm nach folgen die Menschen seit undenklichen Zeiten, immer voran, durch Berge von Leichen und Verwundeten hindurch, im Getöse des Schlachtengetümmels, inmitten von Gemetzel, Mord und Brandschatzung. Ach, wie unermüdlich jagen sie dieser großen Sehnsucht nach. Und schlecht handelte der, der sie zurückzuhalten suchte. Denn unsere Bestimmung ist es – zu gehen. Nur dann fühlen sich die Menschen frei...«

»Frei!« wiederholte ich spöttisch, und ich dachte dabei an meine eigene furchtbare Lage. »Worin besteht denn die Freiheit, die du der Stadt Arras beschert hast? Sie ist die grausamste Sklaverei der Gewalt, der Angeberei, der Scheiterhaufen, Bannflüche und erbärmlichen Wahnvorstellungen...«

Bei meinen Worten lächelte Albert.

»Jean!« sagte er. »Es ist nicht wichtig, was ist, sondern was für einen Namen eine Sache trägt. Alles ist wie sein Name. Als sich Gott auf dem Berge Horeb Mose offenbarte, und als Mose fragte: ›Herr, wie ist dein Name?‹, antwortete Gott: ›Ich bin, der ich bin!‹ – Du sprichst von Gewalt und Wahnvorstellungen, denen die Stadt anheimgefallen sei. Du irrst dich! Was ist Gewalt, die du Strafe nennst? Strafe. Und was eine Wahnvorstellung, die du Glaube an die Erlösung nennst? Sie ist Glaube an die Erlösung! Der Mensch dünkt dich aus Taten und Plänen geschaffen, während er eigentlich aus Worten gebildet ist.

Du bist nicht der erste, der der erstaunlichen Leichtigkeit unterliegt, die auf der allerdümmsten Täuschung des Menschenhirns beruht: daß man nämlich die Welt ohne Worte erkennen und verändern könne. Wie erkennst und änderst du sie ohne Zunge, die dir doch gegeben wurde, damit du sie benennest? Was keinen Namen hat, existiert nicht. Was aber existiert, existiert dank seines Namens.«

Da rief ich aus, ergriffen bis in meines Herzens Tiefen:

»Vater Albert! Der Teufel spricht aus deinem Munde...«

Er aber ließ wiederum ein leises Lachen hören.

»Da hast also auch du etwas benannt. Jean! Ich habe dich die Sprache gelehrt, und du gebrauchst sie. Du sagst: ›Teufel!‹ Streng dein Hirn an... Gib der Sache einen anderen Namen, dann wirst du auch etwas anderes hören. Du sagst: ›ich‹ – und wenn du das sagst, bist du für dich, ja, dann bist du von allem getrennt. Du sagst: ›wir‹, und wenn du das sagst, bildest du einen Teil des Ganzen. Ich sage dir: Wenn du ›ich‹ sagst, sündigst du – und wenn ich das sage, ist das unbestreitbar! Und ich gab deiner Rede einen Namen. So gebe ich allen Taten dieser Stadt einen Namen. Das, was jetzt in Arras geschieht, habe ich Freiheit genannt, und andere sind darin meinem Beispiel gefolgt – also ist es Freiheit, Freiheit und nichts anderes. Ich habe die Stadt gezwungen, zu tun, was sie tut, und sie will das tun, was sie tun muß. Wenn du darin nicht Harmonie und den einzigen Weg zur Erlösung siehst, bist du blind, taub und stumm. Ich nehme die Last aller Sünden dieser Stadt auf mich und bin bereit, dafür zu leiden wie keiner je zuvor. Ich habe sie gezwungen, zu tun, was ich befehle, und sie finden darin ihre eigene Lust und Freude. Wenn das nicht Freiheit ist, was sonst? Und sag mir endlich, wer wohl die Stadt mehr liebt als ich? Ich verurteile mich zu ewiger Verdammnis, nur damit Arras die Wonne erfährt, Dinge und Taten gemäß seiner eigenen Sprache zu benennen.«

Er erhob sich und sah mich triumphierend an. Ich aber sagte:

»Vater, vergib mir! Aber ich habe da entsetzliche Worte vernommen, die unfehlbar alle ins Verderben führen werden...«

»Und selbst wenn es so ist«, erwiderte Albert – und abermals lächelte er –, »was ist schon dabei? Der Mensch, wenn er steht, fürchtet sich vor dem Tode. Doch wenn er geht, weiß er nicht einmal, daß er stirbt... Arras ist unterwegs, Jean! Jeder hier stirbt leichten Herzens. Selbst du!«

Ich erbebte.

»Gräm dich nicht«, sagte Albert. »Ich gehe jetzt. Im Morgengrauen kommen dich die Stadtwachen holen; du wirst unter Arrest gestellt und wirst dich vor dem Rat verantworten. Ich hab dir ja gesagt, daß du verurteilt bist. Aber du stirbst einen sanften Tod, ohne zu leiden, weil du derjenige bist, den ich in dieser Stadt am meisten geliebt habe. Du aber wolltest ihren Marsch aufhalten, und darum wirst du Strafe erdulden.«

So sprach er und verließ mein Haus; ich aber griff nach dem Mostkrug und trank ihn gierig leer, dann zerschmetterte ich ihn an der Wand und weinte aus Angst vor dem Tode.

IM NAMEN DES VATERS UND DES SOHNES UND DES HEILIGEN GEISTES. AMEN. Meine Herren, Bürger der stolzen Stadt Brügge, die ihr mich so gastlich aufnehmt! Urteilt selber, war der ehrwürdige Vater nicht ein großer Weiser? Der

Name also! Es gibt kein Seiendes, wenn es nicht benannt ist. Ich bin der, welcher Jean ist, dank dieser Tatsache werde ich zu einem Menschen. Und wenn ich euch folglich sagte, daß die Stadt Brügge Fische sät, und ihr stimmtet meinen Worten zu – alle Bürger würden mit Sicheln ins Meer gehen, um den Fisch zu mähen. Viele würden dabei ertrinken, aber es bliebe immer noch eine ziemlich große Schar übrig, die mit Körben gemähter Fische ans Ufer zurückkehrte. Ganze Familien gingen aufs Meer hinaus, wie man aufs Feld geht, und kämmten mit Sicheln den Schaum der Wellen. Und ein vorübergleitendes Schiff müßte gewiß auf einen Felsen auflaufen, weil alle Matrosen bei eurem Anblick den Verstand verlieren würden. Am meisten erregt mich die Vorstellung, daß sich schließlich in Brügge brave, achtbare Männer fänden – Familienväter, die fromm ihre Geschäfte tätigen –, die eine stolze Freude bei solcherart Meeresernten empfänden und jede Nacht die Sicheln schärften, um bei Tagesanbruch erneut den Fisch zu mähen. Und wer behauptete, daß es zweckmäßiger sei, Zuggarn zu nehmen oder ein Netz auszuwerfen, der würde unfehlbar aus der Stadt getrieben – als Unglaube- und Unruhestifter.

Meine Herren! Lasset niemals außer acht, was die Worte eures ehrwürdigen Rates zu besagen haben, es kann nämlich der Tag kommen, da in Brügge die Fische zu singen beginnen, die Vögel mit der Angel gefangen werden, die Hengste um guter Milch willen gemolken und die Kühe zum Reiten gesattelt werden. Denn etwas ist nicht, was es ist, sondern wie sein Name lautet! Während ich das sage, empfinde ich Angst, eine Angst, die mir die Kehle zuschnürt.

So kamen also an jenem Abend die Wachen. Ich leistete keinen Widerstand, sondern sagte zu dem Obersten:

»Warte vor der Tür, ich kleide mich unterdessen warm an; im Verlies ist es ziemlich kühl.«

Darauf er:

»Das ist wahr. Aber nimm eine große Kruke Most mit. Die Wachen trinken gerne und würfeln dann mit den Häftlingen, und man ist gemeinsam fröhlich.«

Ich tat, wie er mir riet. Sie führten mich in einem ziemlichen Bogen durch die Stadt zum Rathaus, und viele Bürger konnten sehen, in welch heikler Lage ich mich befand. Aber sie zeigten kein Mitgefühl. Überhaupt schienen sie mir erschöpft, so als verlösche allmählich das Feuer, das die Stadt verzehrte. Das war tröstlich.

Man sperrte mich in das Verlies, das ich schon deshalb sehr gut kannte, weil ich viele Jahre hindurch die Bauaufsicht über das Rathaus innegehabt hatte: ein dunkles, feuchtes Gelaß, aber ich fand dort eine Bank vor sowie ein Bündel Stroh. Ich wurde auch nicht an die Wand gekettet, weil ich noch nicht für schuldig erklärt worden war, vielmehr meine Akte erst dem Rat vorgelegt werden sollte. Zudem muß ich einräumen, daß die Wachen rücksichtsvoll mit mir umgingen und mir eine gewisse Achtung entgegenbrachten. Offenbar hatte Vater Albert Befehl gegeben, mir keine allzu große Unbill anzutun.

Die Nacht war inzwischen hereingebrochen, und die Knechte zündeten zwei Kienhölzer an. Einer von ihnen sagt: »Guter Herr, würfelst du mit uns?«

»Mit Vergnügen!« antwortete ich. Also würfelten wir, bis es von den Türmen Mitternacht schlug. Danach streckte ich mich auf der Bank aus und schlief ein.

Mit mir geschah etwas Merkwürdiges. Obwohl ich den sicheren Tod vor Augen hatte, verlor ich durchaus nicht die innere Ruhe, ja nicht einmal eine gewisse Heiterkeit des

Gemüts. Ich argwöhnte, daß es sich dabei um eine Art Geistesverwirrung handelte, so als flüchtete ich mich bei dem Gedanken an mein schreckliches Ende in den Wahn. Auf jeden Fall habe ich, seitdem ich nach Alberts Weggang in Tränen ausgebrochen war, nicht mehr geweint, war sogar recht fröhlich. Beim Würfeln mit den Knechten wollte ich unbedingt gewinnen. Jeder unglückliche Wurf brachte mich auf, und bei jeder glücklichen Zahl brach ich in Gelächter aus. Das brachte mir so viel ein, daß ich – schon im Einschlafen – hörte, wie ein Knecht zu den anderen sagte: »Das ist ein wirklich großer Herr, der den Tod nicht fürchtet ...«

So verbrachte ich im Verlies zwei friedliche Tage, an die ich selbst heute noch ohne Bedauern zurückdenke – bis der Mann von der Wache kam, um einen Schluck Most zu trinken. Er kriecht zu mir in das Kämmerchen und sagt leise:

»Guter Herr! Mach dich aufs Sterben gefaßt. Ich weiß, wessen sie dich anklagen werden.«

»Rede!« sage ich zu ihm.

»Das weiß ja schon die ganze Stadt, daß du dich mit dem Grafen de Saxe gegen unsere Vorrechte verschworen hast. Als du ihn im Verlies besucht hast, um dich mit ihm zu unterreden, hat er dir ein Schreiben an Fürst David und Herzog Philipp gegeben.«

»Wie konnte er mir ein Schreiben geben, wenn er im Finstern saß, wo er weder Pergament noch Feder hatte?« rief ich aus.

Der Wächter aber entgegnete:

»Das weiß ich nicht. Doch ohne allen Zweifel hat er dir Schriften an Fürst David mitgegeben.«

»Und wo sind sie jetzt? Soll man mir doch einen Beweis liefern!«

»Ich hab in der Stadt gehört, daß sie verlorengegangen sind«, erwiderte der Wächter. »Und man weiß nicht, wo sie jetzt sind. Aber das weiß jeder, daß Graf de Saxe geschrieben hat und du die Briefe versteckt hast, um sie dem Fürstbischof auszuliefern.«

»Woher wollt ihr das wissen?« schrie ich verzweifelt. »Überleg doch, Mensch! Kann man denn in einer Zelle, solcher wie dieser da, schreiben?«

»Ich kann ja nicht schreiben«, versetzte er ruhig, »also weiß ich auch nicht, wie man so was macht. Aber der Graf hat geschrieben, und du, Herr, hast das Geschriebene versteckt ...«

Darauf ich:

»Du bist ein Pferd. Bäum' dich auf und wiehere, du bist doch ein Pferd.«

»Ich bin kein Pferd«, sagte er.

»Du irrst dich«, rief ich ärgerlich. »Die ganze Stadt weiß, daß du ein Pferd bist. Herr de Moyes hat dich zugeritten und für dich ein reichverziertes Pferdegeschirr angeschafft. Aber du warst störrisch, und so hat man dich in ein Gespann gegeben, und jetzt läufst du im Paar vor den Wagen mit Serge.«

»Ich bin kein Pferd ...«, stammelte der Wächter; ich aber sagte hart:

»Beweis es!«

Er stürzte aus meinem Kerker.

Ich denke, daß er, als er sich auf der Straße, vor dem Rathaus, befand, loswieherte und davongaloppierte, geradewegs zum Schmied.

Da wußte ich nun also, was der Rat für mich bereithielt. Für mich gab's keine Rettung, und ich mußte mich mit dem

Gedanken an den Tod vertraut machen. Aber ich fand Trost darin, daß mir Torturen erspart bleiben würden. Offenbar hatte Albert die Sache mit meiner geplanten Flucht verheimlicht. Ich lobte mich jetzt für die damals gezeigte Umsicht. Gut, daß ich mich vor dem Tor des heiligen Ägidius zurückgezogen hatte. Sie haben nur gewartet, bis ich aus dem Schatten hervorschleichen und einen Schritt auf die Mauern zu machen würde. Dann hätten sie mich gehabt. Und von Sonnenaufgang bis Sonnenuntergang hätte ich unbeschreibliche Martern erdulden müssen, während mir heute nur das Schwert drohte . . .

Wieder verging eine Zeit. Ich hatte keine Ahnung, ob es früher Morgen, Tag, Abenddämmerung oder Nacht auf der Welt war. In meinem Verlies war es gleichbleibend dunkel und feucht. Daher fragte ich die Wächter, und sie gaben mir höflich Auskunft. Schließlich kam der Knecht, den sie Sol nannten und der einst bei mir gedient hatte, bevor ich ihn aufs Rathaus gab, und sagte:

»Guter Herr, da bring ich dir ein sehr schmackhaftes Abendessen, denn heute nacht noch stehst du vor dem Rat, und wenn die Sonne aufgeht, legst du den Kopf unters Schwert. Dies ist deine letzte Nacht, darum werde ich sogleich für dich beten.«

Und er ging und ließ mir ein reichliches Mahl zurück. Später erfuhr ich, daß meine Diener es zubereitet hatten, was zweifellos ein großer Beweis von Liebe und Mut war, da ähnliche Gesten in Arras nicht selten den Kopf kosteten.

Ich rief die Wachen, und wir aßen gemeinsam. Es gab eine erlesene Pastete, geräucherten Schweineschinken von delikatester Zartheit und auch Wacholderdrosseln. Dazu eine bauchige Flasche Most sowie einen Krug Bier. Während wir aßen, sagte ich zu den Wächtern:

»Also, meine guten Leute, morgen bei Sonnenaufgang bin ich schon bei Gott.«

»So ist des Himmels Wille«, antwortete einer von ihnen.

Und ich: »Aber ich meine, es wird damit nicht wenig Scherereien geben; der Meister der Stadt Arras hat ja ebenfalls den Kopf hinhalten müssen. Wer wird mir denn nun den Kopf abschlagen?« Worauf jener Mensch entgegnete:

»Scherereien wird's keine geben, weil ich heute beim Rat gewesen bin und gesagt habe, daß ich demütig darum bitte, Euer Wohlgeboren den Kopf abschlagen zu dürfen ...«

Ich erstickte fast an meiner Pastete, als er das sagte. Verwundert blickte ich ihn an.

»Also du wirst das sein?«

»Ja, Herr!«

»Zeig den Arm!«

Er erhob sich vom Boden, warf das Hemd ab und präsentierte seinen entblößten Oberkörper. Fürwahr, eine prachtvolle Gestalt! Ich betastete die mächtigen Muskelpakete, die sich unter der Haut spannten, und mich schauderte. Dann aber sagte ich: »Warum hast ausgerechnet du dich um diese Arbeit beworben? Kennst du mich?«

»Nein, guter Herr. Aber der Rat zahlt drei Dukaten für deinen Kopf.«

»Drei Dukaten«, wiederholte ich schwermütig. »Ich hab nicht geglaubt, daß ich soviel wert bin ...«

Eine Menge Speisen war noch übrig, aber mir hatte es den Appetit verschlagen. Immer wenn ich die Schultern jenes Menschen sah, überrieselte es mich kalt.

Wir tranken das Bier aus, und schließlich gingen sie und nahmen die Fackel mit. Völlige Finsternis umgab mich. Ich saß mit dem Rücken an die kalte Mauer gelehnt und lauschte dem Pochen meines Herzens.

Im Namen des Vaters und des Sohnes und des Heiligen Geistes. Amen. Ich bekenne, daß ich mich entsetzlich vor dem Tode gefürchtet habe; denn ich bin ein sehr sündiger Mensch. Doch Dunkelheit und Stille schienen lindernd zu wirken. So als existierte ich bereits nicht mehr, als befände ich mich außerhalb von Welt und Menschen. Ich hörte mein pochendes Herz, meinen röchelnden Atem. Mit habsüchtiger Hand betastete ich meinen Leib. Nichts war außer mir! Die ganze Welt war mit meiner Person ausgefüllt. Wenn der Tod nur das ist – dann ist er nicht allzu grausam ... So verharrte ich in der Erwartung und hatte nur diesen einzigen Wunsch: Keine menschlichen Gesichter, Bäume, nicht mehr den Himmel und die Sonne sehen zu müssen. Wenn sie mich in dieser Zelle, in den tiefsten Tiefen des Rathauses, ohne Licht, in vollkommener Stille hätten umbringen können – ich würde eine sanfte Vernichtung erlangt haben. Und zugleich mit diesen Überlegungen begriff ich die ganze Grausamkeit des Gefängnisses.

Die Zeit verrann in merkwürdiger Fühllosigkeit, die hin und wieder von verzweifelten Gedankenausbrüchen unterteilt wurde. Vielleicht bin ich eingeschlummert, vielleicht habe ich gewacht, jedenfalls hatte eine große Starre mich befallen, und ich wollte sie nicht verscheuchen. Man hätte es eine Einübung ins Sterben nennen können.

Auf einmal drang Lärm an mein Ohr, dann blinkte ein schwacher Lichtschein in Kerkertiefe auf. Ich wollte mannhaft mein Ende erwarten. Da kamen sie also schon, um mich vor den Rat zu schleppen und von dort, gleich nach Sonnenaufgang, zum Richtplatz. Am liebsten hätte ich weder Augen, Ohren, Zunge noch Geruchs- oder Tastsinn besessen, aber ich besaß sie, und zwar in so furchtbarem Übermaß, daß es nicht in Worte zu fassen ist.

Der Fackelschein wurde heller und heller. Schon klangen die Schritte sehr nah. Langsam stellte ich mich auf die Füße. Vor mir stand jener Mensch, der mir den Kopf abschlagen sollte.

»Guter Herr!« rief er. »Der Fürstbischof von Utrecht ist durchs Tor Trinité in die Stadt eingeritten.«

Und er stürzte auf die Knie.

»Vergib mir, daß ich auf die drei Dukaten aus war, aber ich bin ein sehr armer Mann ...«

»Halt die Fackel gerade, sonst verlöscht sie!« schnauzte ich ihn an. »Und führ mich sogleich zum Fürsten!«

Das also war meine wundersame Errettung, ihr Herren! Wie einem Roman über schurkische Drachen und edle Ritter entnommen. In dem Moment, da sich das Schwert zum Streich erhebt, um auf den Nacken des Herrn niederzusausen, hält eine überirdische Macht es auf, und der barmherzige Gott belohnt den Verurteilten für seine Treue und seine Leiden.

Während ich eilig den unterirdischen Gang entlangschritt, geführt von dem nicht zum Erfolg gelangten Henker mit der Fackel, durchlebte ich überaus seltsame Augenblicke. Die freudige Überraschung beherrschte mich bis zu einem solchen Grade, daß ich bereit war, an ein Wunder, bei Gott durch meine Haltung bewirkt, zu glauben. Doch selbst wenn mein Geist zuweilen auch in solche Löcher fällt – so eigentlich nie auf lange! Als ich auf den Rathaushof hinaustrat, war ich wieder bei Sinnen.

Die Nacht war kühl, aber im Verlies war es so eisig gewesen, daß ich mich jetzt ganz und gar nicht beklagte. Auf dem Hof hatte sich allerlei gemeines Volk angesammelt, aber auch einige Herren waren darunter. Diese begrüßten mich ehrerbietig, ja ich möchte sogar sagen, unterwürfig. Schließlich wußte jeder in Arras, daß ich ein Freund des Fürsten bin.

Vom Rat war niemand in der Nähe; alle waren sie zum Tor Trinité gegangen. Also warteten wir. Fackelschein erhellte die Gesichter. Weder Erleichterung noch Angst noch Freude konnte ich darin wahrnehmen. Eher Schläfrigkeit. Erst da wurde mir bewußt, daß ja Mitternacht nicht mehr fern war – ich folglich nur wenige Stunden vor meinem Untergang gerettet worden war.

Vom schweigenden Rat geleitet, erschien David hoch zu Roß auf dem Hof. Ich bemerkte, daß Albert sich nur mühsam vorwärtsbewegte; die anderen stützten ihn. Als der Fürst meiner ansichtig wurde, zügelte er sein Pferd und rief:

»Jean! Wie ich mich freue, dich zu sehen!« Und dann äußerte er sich gerührt über mein erbärmliches Aussehen.

Ich ging mit ihm in die Gemächer, während alle übrigen draußen zurückblieben. Meine ersten Worte waren:

»Euer Herrlichkeit ist gerade noch zurechtgekommen. Im Morgengrauen sollte mir der Kopf abgeschlagen werden ...«

»Du bist aus einem Abgrund wiederaufgetaucht«, erwiderte David und schloß mich in die Arme. »Und jetzt berichte alles, was sich in Arras zugetragen hat.«

Meine Herren, was hätte ich ihm sagen sollen? War es denn möglich, soviel Unglück in so wenig Worte zu fassen? Womit beginnen, womit enden? Mir kam es plötzlich vor, als müßte ich, wollte ich den hiesigen Ereignissen gerecht werden, bei der Erschaffung der Welt beginnen. Und so sagte ich nur:

»Verzeiht, mein Fürst, aber ich bin zu erschöpft, um

Euch jetzt Rede und Antwort zu stehen. Es ist noch nicht lange her, daß ich im Verlies des Rathauses gesessen und mich auf den Tod vorbereitet habe. Darum erlaubt mir, zu gehen, um später zu Euch zurückzukehren.«

»Du hast recht«, sagt David. »Geh und ruh dich aus. Und wenn du wieder soweit bei Kräften bist, um mich zu besuchen: ich freue mich immer, dich zu sehen ...«

Ich verließ die Gemächer des Fürsten und befand mich nun wieder auf dem Hof. Er war leer. Alle waren sie in ihre Häuser zurückgekehrt, so als ob in dieser Nacht nichts Besonderes geschehen sei. Und es ist wahr, den anderen war ja auch nichts geschehen! Nur ich hatte meine Auferstehung erlebt.

Ich fühlte mich furchtbar matt und schläfrig, und doch riß ich mich zusammen und suchte den Mann, der mein Henker hatte sein sollen. Er hockte in der Wachstube. Bei seinem Anblick rief ich aus: »Sie wollten dir drei Dukaten für meinen Kopf geben. Da hast du drei Dukaten!« – und streifte einen kostbaren Ring vom Finger.

Der Mann sträubte sich, vermutlich fürchtete er eine Falle. Deshalb sagte ich zu ihm:

»Hab keine Angst! Nimm den Ring, ich möchte, daß du dich deines Lebens freust wie ich mich des meinen. Und bete für mich!«

So nahm er denn den Ring und küßte meine Hand.

Vom Rathaus ging ich nach Hause. Aber ich ging ungewöhnlich langsam. Die Nacht war bereits fortgeschritten. Der Himmel, anfangs schwarz und sternlos, ließ an schlecht gewalkte Serge denken. Gleich feinen Rinnsalen kam hier und da ein Streifchen Helligkeit zum Vorschein, es war, als zerrisse geräuschlos ein Vorhang. Eben in diesem Augenblick hätte ich aus dem Ratssaal zu den Pforten der

Kirche der Allerheiligsten Dreifaltigkeit gebracht werden sollen. Die Wachen hätten den Schritt verlangsamt und aufmerksam zum Himmel emporgeschaut. Noch nicht jetzt... Machen wir halt!

Wind wehte, er rauschte in den nackten Kronen der Bäume. Mit ihm flog der Geruch feuchter Wiesen heran, die sich dicht hinter den Stadtmauern hinzogen. Und wieder führen mich die Wachen. Vorwärts! Im Osten zerreißt der Himmel mehr und mehr. Ein Hahn hat gekräht. Über die gefrorene Erde klappern Pferdehufe. Und da ist auch schon die Kirche der Allerheiligsten Dreifaltigkeit! Langsam taucht sie aus dem Dämmer auf.

Die Kälte durchdrang mich jetzt bis ins Mark. Wo waren die Fackeln im Kirchenschiff? Wo die Gesänge? Der Fürst ist gekommen, und so hat man für mich keine Lichter angezündet, und niemand verabschiedet mich mit Psalmen. Dank sei dir, Fürst! Und da – der erste Sonnenstrahl! Irgendwo unterhalb der Dächer. Man spürt ihn mehr, als man ihn sieht. Ich wandere am Schafott vorüber. Dort, hoch oben, erblicke ich einen Stamm. Bei Tage ist er rot von Blut, doch zu dieser Stunde wirkt er wie eine gedrungene schwarze Silhouette.

Als die rosigen Strahlen schräg auf das Dach meines Hauses fielen, stand ich auf der Schwelle. In diesem Augenblick sollte mein Kopf fallen. Ich berührte ihn zärtlich. Er saß fest auf den Schultern.

Ich betrat den Hausflur und ging dann über den Hof zu der Stube, wo sich für gewöhnlich meine Dienerschaft aufhielt. Ich wußte, sie war zu Hause geblieben; allzu viel Güte hatte ich ihr erwiesen, als daß sie jetzt dem Tode ihres Herrn hätte beiwohnen wollen. Als sie mich in der Tür erblickte, stürzte sie vor Entsetzen in die Knie; sie glaubte meinen

Geist vor sich zu sehen, der in seine heimatliche Behausung zurückkehre. Doch rasch begriffen sie, daß ich lebte und mich der Freiheit erfreute. Sie jubelten laut. Doch mein Blick suchte nur den einen. Da war er! Er wußte sofort, was ihn erwartete, und wollte entwischen, aber ich stellte mich ihm in den Weg.

Damals sagte ich:

»Ihr alle wißt, daß es dieser da gewesen ist, der mich dem Henker ausgeliefert hat. Wie Judas! Er ekelt mich an, und ich werde nicht Hand an ihn legen, aber ihr könnt mit ihm machen, was ihr wollt.« Und ich verließ die Gesindestube.

Ich war noch nicht in meinen Gemächern angelangt, als ein gellender Schrei an mein Ohr drang. Einer, ein zweiter, ein dritter ... Dann war alles still.

Nach einer Weile betrat leise mein Leibdiener meine Gemächer, um mir vor dem Schlafengehen zu dienen. Ich sehe, daß seine Hände blutbeschmiert sind.

»Wasch dich!« sage ich. »Und faß nicht meine Kleider an!«

Gehorsam ging er, und ich begab mich zur Ruhe.

So endete die furchtbare Nacht meiner Hinrichtung.

IM NAMEN DES VATERS UND DES SOHNES UND DES HEILIGEN GEISTES. AMEN. Am Mittag des folgenden Tages kam Chastell zu mir mit der Botschaft, der ehrwürdige Vater Albert sei erkrankt und wünsche mich dringend zu sprechen. Ich wollte nicht gehen, aber Chastell fügte hinzu, daß solches der Wille des Bischofs sei. Darum machte ich mich zu Alberts Haus auf. Ein Dominikaner aus Gent war bei ihm, der mit dem Fürsten nach Arras gekommen war und jetzt gerade dem ehrwürdigen Vater die Beichte abnahm.

Ich warte in einem Nebenraum, die Türen sind nur angelehnt. Ich höre gedämpftes Flüstern. Das dauert sehr lange. Endlich erscheint der Dominikaner. Er hält sich mit dem Kuttenärmel die Nase zu. »Der Alte stinkt mächtig«, brummt er und geht.

Ich befand mich in der Stube des Sterbenden. Wir waren allein. Albert sah mich an und ich ihn. Man konnte erkennen, daß er nicht mehr lange zu leben hatte. Und wirklich, er roch übel. Ich setzte mich an sein Bett und schwieg. Er winkte mich näher zu sich heran – er konnte schon nicht mehr richtig sprechen. Von innen war er ganz aufgequollen, und nur mühsam bewegte er die Zunge im Munde.

»Jean, mein Schüler«, lallte er kaum hörbar. »Siehe, ich sterbe nun. Ich habe Gott ans Herz genommen und bin getrost. Er hat mir meine Schuld vergeben. Also habe ich dich rufen lassen, um dir zu sagen, daß auch ich dir vergebe ...«

»Was vergeben, Vater?« fragte ich verblüfft.

»Ich hab dir immer gesagt, Jean, daß Arras und ich ein und dasselbe sind. Und solange ich lebe, wird das so sein. Also vergebe ich dir deine Schuld gegenüber dieser Stadt. Und sag den anderen Bürgern, daß ich auch ihnen ihre Schuld vergebe. Sie haben Arras nicht bis zu Ende die Treue bewahrt, und es wird noch einmal die Zeit kommen, da sie das unter Tränen bereuen werden, aber ich vergebe ...«

Ich schwieg, weil ich plötzlich zornig war auf diesen Greis. Er aber redete weiter:

»Nicht alles, an das geglaubt wird, ist Gott wohlgefällig. Aber jeder Glaube ist immer noch besser als Unglaube. Einige in Arras meinten – dem Beispiel der Fürsten und Bischöfe folgend – ihren Geist der höheren Philosophie und der Welterkenntnis weihen zu müssen. Und dabei wäre es an ihnen gewesen, vor allem zu glauben und noch einmal zu glauben ...«

»Vater Albert«, unterbrach ich ihn, ohne mit meinem Spott hinterm Berg zu halten. »Welchen gemeinsamen Glauben können die, die unten, und die, die oben sind, haben? Welchen diejenigen, die richten, und diejenigen, die gerichtet werden?«

Er wollte die Augen schließen, aber die Lider waren so geschwollen, daß seine Pupillen noch immer zu sehen waren. Er sagte nichts. Ganz am Ende, in der letzten Stunde seines Lebens, hatte er endlich begriffen, daß er nicht zu dem Menschen sprach, zu dem er sprechen wollte und bisher zu sprechen glaubte.

Ach, meine Herren, wie sehr muß er gelitten haben, als ihm das bewußt wurde! So viele Jahre hatte er alle Anstrengungen unternommen, mich nach seinem Ab- und Ebenbild zu formen, um mir sein gesamtes Erbe anzuvertrauen. Und da nun, im Augenblick des Hinscheidens, mußte er einsehen, wie falsch er das Kapital seiner Hoffnungen angelegt hatte. Ich wußte, daß er aus diesem Grunde litt. Aber sollte ich ihn im Angesicht Gottes betrügen? Sollte ich Theater spielen wie ein schnöder Komödiant? Nein, das konnte ich nicht. Ohne Zweifel fühlte ich mit Albert, vor allem aber empfand ich Sorge, die es doch eher den Lebenden als den Toten zu erzeigen geziemt.

Die Wege dieses Greises und meine eigenen hatten sich getrennt – nicht jetzt, da ich an seinem Sterbebett saß, sondern schon viele Jahre früher. Wir beide wußten es. Nur daß er eine Illusion in sich genährt hatte und ich nicht!

Weiter ließ er nichts mehr verlauten. Er sah mich nur

aus halbgeöffneten Augen an, und die Augen waren wie Steine, und diese Augen steinigten mich. Trotzdem hielt ich ihnen längere Zeit stand, dann verließ ich leise den Raum.

Noch an demselben Tag starb er, und die, die bis zum Ende bei ihm waren, berichteten, daß seine letzten Worte »Glauben und ausharren!« gewesen seien. Ebenfalls an demselben Tag ließ mich der Fürst rufen, und er fragte mich, was ich denn mit dem scheidenden Albert besprochen habe. Er schien sehr neugierig zu sein und vermochte diese Neugier nicht zu zügeln.

Und so sagte ich David:

»Euer Herrlichkeit, das war ein Gespräch über den Glauben.«

Der Bischof lachte höhnisch.

»Ich sehe euch zwei direkt vor mir, wie ihr da über Glaubensdinge schwatzt ... Lieber Jean, sag mir die volle Wahrheit! War von mir die Rede?«

»Nein, Euer Herrlichkeit.«

Er sah mir prüfend in die Augen.

»Jean«, sagte er, »das ist sehr wichtig für mich. Also, sprich die Wahrheit.«

»Fürst«, erwiderte ich, »nie würde ich es wagen, Euch anzulügen. Glaubt mir, mit keinem Wort ward Ihr in jenem Gespräch erwähnt. Ob das gut ist oder schlecht – aber von Euch kein Wort!«

Der Bischof runzelte die Brauen; er wirkte enttäuscht.

Damals dachte ich, daß er doch wohl sehr gewünscht haben mochte, auf den Lippen des Sterbenden zu sein. Für einen Menschen wie David hatte das seinen Wert. Ich hingegen kann, bei Gott, eine solche Art Schwäche durchaus nicht begreifen.

Im Namen des Vaters und des Sohnes und des Heiligen Geistes. Amen. Meine Herren! Ich fasse jetzt kurz zusammen, was sich in Arras nach Ankunft des Fürsten David und dem Ableben des ehrwürdigen Vaters Albert zutrug. Viele Tage lang spielten sich ungewöhnliche Vorgänge ab, doch das wichtigste Ereignis war jener Sonntag, genannt der Sonntag des Vergebens und Vergessens, der Tag der großen Sündentilgung. Ich berichte also von diesem entscheidenden Geschehnis sowie von alledem, was sich daraus später ergab. Und eben damit ende ich mein Geständnis.

An diesem Sonntag wurden bereits seit den frühen Morgenstunden mannigfaltige Vorbereitungen getroffen. Ein windiger, aber heller Tag, wie es ihn manchmal gegen Ende des Herbstes gibt, war angebrochen. Flinke Wölkchen, ganz von Sonnenglanz durchstrahlt, huschten über den Himmel. Man spürte Kühle in der Luft, aber die Luft war überaus gesund und frisch. In allen Häusern kamen – keiner weiß, woher – Girlanden aus getrockneten Blumen zum Vorschein, blattlose Zweige, die man unterhalb der Mauer geschnitten hatte, und sogar eine Menge Kalmus sowie Wasserliliengerank, das von den Häusern herabhing wie Rattenschwänze. Unter den geretteten Juden herrschte reges Treiben. Die Ältesten hatten befohlen, die Straße zum Westtor, über die der Fürstbischof kommen sollte, zu weißen. David hatte nämlich bekanntgegeben, daß er die Gemeinde besuchen werde, was wohl seit undenklichen Zeiten zum ersten Mal geschah. Die Pforten der Sankt-Ägidius-Kirche standen weit offen und erstrahlten im Lichte ungezählter Kienspäne. Nicht Atemschöpfen konnte man hier, so beißend war der Geruch.

Auf den Mauern waren die Wappenbanner all unserer guten Fürsten erblüht. Da war das Banner Herzog Philipps und das des Fürsten David und auch das Banner König Louis', des neuen Herren in Paris. Während wir in Arras mit dem Gewissen rangen, hatte Gott der Herr König Charles zu sich gerufen, und sein würdiger Sohn, vom Vater so sehr gehaßt, daß er sich in die Obhut Burgunds begeben und viele Jahre am Hof von Brüssel hatte durchleiden müssen, war endlich auf den französischen Kronbesitz zurückgekehrt, mit großer Post Herzog Philipps, der ihm an den Toren von Paris huldigte und ihm im Namen von ganz Burgund Freundesdienste anbot.

Arras sah überaus prächtig aus inmitten von all dem Grün, den Standarten und dem festtäglich gekleideten Volk. In den Kirchen läuteten die Glocken, und auf den Straßen wurden riesige Ochsen, Lämmer und Geflügel gebraten, mit denen David die Stadt beschenkt hatte. Aber ich muß bekennen, daß ich damals keine fröhlichen und glücklichen Gesichter gesehen habe. Da kehrte also der große Wagen in seine einstige Fahrspur zurück, um sich knarrend vorwärtszubewegen, ohne daß man wußte, wohin und wozu. Nur eins war gewiß, daß es auf den nächsten Abgrund zuging, den das Schicksal für diesen Wagen bereithielt. Die Bürger von Arras empfingen den Fürsten und seinen Hof mit makelloser Etikette, und es fehlte nicht an solchen, die nach dieser Visite eine glückliche Veränderung erwarteten, aber die Mehrzahl verhielt sich nur, wie es ihnen Anstand und Sitte geboten.

Ich besinne mich, daß die Leute, als David nach der großen Seuche und dem Hunger zu uns kam, ihn ohne Überschwang, aber dennoch mit Hoffnung empfangen haben. Während jenes berühmten Festmahls, da er uns der Überheblichkeit – eine Folge der unlängst durchgestandenen Leiden – zieh, waren ihm alle dankbar und priesen seine

Gegenwart. Doch jene Zeiten waren unwiederbringlich dahin ... Mehr noch, im Jahr der Pest hatten alle verstanden, daß Gott selber oder der Teufel das schwere Schicksal heraufbeschworen hatte. Die Seuche war nicht unser Werk, während wir uns die letzten Geschehnisse, denen so viele der achtbarsten Landsleute zum Opfer gefallen waren, selber zuschreiben mußten. Zwar erhoben sich hier und da Stimmen, daß das doch nicht sein könne, daß höchstwahrscheinlich eine furchtbare Krankheit Arras heimgesucht und den Verstand seiner Bürger verwirrt habe, aber die Mehrzahl wollte nichts davon hören: »Wir haben es satt, nach den Ursachen unseres Unglücks und des Übels zu suchen, das die Stadt zerfressen hat. Einmal war es die Seuche, ein andermal göttlicher Richtspruch oder Teufelsschabernack oder wiederum eine geheimnisvolle Krankheit. Wir sind all dessen müde und zu glauben geneigt, daß wir nun einmal sind, wie wir sind, nämlich gebrechlich und töricht, und daß wir uns darum gefangennehmen lassen vom Honigseim leerer Worte und der Grausamkeit tückischer List. Aus Arras wird nichts mehr! Es ist verloren, von Gott verworfen, dem Teufel und sogar von seinen Fürsten, der Schwäche und dem plattesten Glauben, den je ein Menschenherz beherbergt hat, zum Raub gegeben. Wir wurden verurteilt, aber wir nehmen das Urteil ruhig auf; wir sind bereit, weiterhin im Einklang mit unserer Vorherbestimmung zu leben, Bildteppiche zu weben, Serge zu verkaufen, die fetten Picardie-Stiere zu züchten. Doch das heißt durchaus nicht, daß wir irgendwann einmal Freude an unserem Dasein finden werden oder uns der Furcht vor unserer eigenen Natur entledigen können. Denn wieder wird so ein Tag kommen, da wir einander die Kehlen durchzuschneiden beginnen ...«

Nach außen hin also war die Stadt in Festtagsstimmung, in den Herzen der Menschen aber mehrten sich Trauer und Furcht. Am Mittag jenes Sonntags ritt David auf den Markt. Sein Pferd war braun, das Geschirr silbern, der Federbusch am Kopf violett. Der Fürst hatte sich in den Steigbügeln aufgerichtet, das Pferd scharrte mit dem Huf. So verharrten sie beide eine Weile, und das ringsum versammelte Volk kniete demütig. Dann stieg David vom Pferd, dabei verfing sich jedoch sein Fuß im Steigbügel; ärgerlich zerrte er daran, und ein Knecht sprang herzu, um dem Herrn zu helfen. Einige hielten das für ein böses Omen, aber die Mehrzahl der Leute glaubte schon an kein Omen mehr. Weithin vernehmbar hallte Glockenklang; am heftigsten läutete die Glocke der Kirche des heiligen Fiacrius, der Kirche, die zuvor das Unglück verkündet hatte. Der Fürstbischof schritt zur Kirche, über dem Volk das Kreuz schlagend. Als er im Kirchenschiff verschwunden war, wieherte sein Pferd laut, und die rotgefärbten Nüstern blähten sich und bedeckten sich mit Schaum. Und wiederum gab es welche, die dieses für ein gutes Zeichen hielten – der Rest aber schwieg bekümmert.

Dann begann die große Messe beim heiligen Ägidius, und sie dauerte fünf Stunden. Man sang Psalmen und sämtliche Gebete. Das Volk weinte sehr, Tränen flossen aus vielen Augen; aber ich denke, daß die Herzen kühl blieben. Selbst als sich der Fürstbischof, von würdevollen Vätern aus Gent unter den Armen gestützt, mit dem Allerheiligsten Sakrament bei der Vorhalle zeigte, machte es auf die Bürger von Arras keinen großen Eindruck. Wieviele Male hatten sie das Sakrament geschaut, wie viele Male Christus in sich aufgenommen, ihm dabei ihren ganzen Glauben dargebracht. Und was war die Folge davon?

Endlich kam der größte Augenblick:

David vergab der Stadt ihre Sünden und segnete sie; alle Prozesse erklärte er für null und nichtig, als aus schlechtem Glauben begonnen, als lästerlich und unwürdig. Kraft seiner bischöflichen Amtsgewalt machte er im Nachhinein die Verurteilung des Juden Icchak und des Ältesten der Gemeinde ungültig, den Prozeß des Herrn de Saxe und des Herrn du Losch, den Prozeß des Meisters der Stadt Arras sowie alle Hexenprozesse.

Der Bischof sagte: »Was geschehen ist, ist nicht geschehen, und was war, ist nicht gewesen!«

Und wieder segnete er die Stadt, für die er vom Herrgott die Vergebung der Sünden und die Tilgung jeglicher Schuld erwirkt hatte.

Die Glocken tönten so grell, daß riesige Vogelschwärme ängstlich davonflogen. Den Glöcknern strömte der Schweiß in die Augen, aber David hatte sie reichlich bezahlt, also läuteten sie, was das Zeug hielt. Blut tropfte von den Handflächen, und einer der Männer fiel aus der Höhe herab und brach sich die Knochen.

Die Sonne war bereits untergegangen, als der Fürst, wieder mit dem Rittergewand angetan, den Hut auf dem Kopf, einen violett und silber bestickten Mantel um die Schultern, die zum Westtor führende Straße entlangritt. Dort begrüßte ihn die Judengemeinde mit demütiger Ehrerbietung. Eine gewaltige Klage stieg auf zum Himmel, als der Älteste der Gemeinde des Herrn Hand küßte, und der Fürst sprach:

»Lebt in dieser Stadt in Friede und Genüge! Ich nehme euch unter meinen Schutz wie alle hiesigen Bürger!«

Des Abends befahl der Fürst der Stadt, sich zu vergnügen. Noch niemals zuvor wurden in Arras so viele Teerfakkeln abgebrannt. Wie der würdige Herr Rolin erzählte, der trotz seines hohen Alters extra aus Brüssel angereist war, um sich die Feierlichkeiten anzuschauen, wurden diese Nacht wohl an die dreißig Ochsen, hundert Stück Lämmer und so viel Geflügel verzehrt, daß man es einfach nicht zählen konnte. Fässer mit Bier und Most waren herangerollt worden.

Im Rathaus tafelte der Fürst mit seinem Hof und einer Schar vornehmer Herren der Stadt. Wieder saßen wir in demselben Saal wie vor drei Jahren, und wieder aßen die Bürger von Arras wenig, während der Hof unmäßig dem Essen zusprach. Aber David machte uns keine Vorhaltungen mehr. Er selbst schien betrübt. Ihn freute nicht einmal, daß Albert abwesend war – Albert, sein ärgster Feind, der endlich für immer gegangen war...

Der Fürst saß zwischen mir und Chastell.

Meine Herren! Das ist doch wirklich komisch... Wie viele Male hatte ich in Gent in dieser Gesellschaft geschmaust. Schließlich war ich ein enger Freund Davids. Nicht selten gab er mir seine Frauen oder lieh mir seine Falken. Was Chastell betraf, so war er mir in den Jugendjahren Mentor und Beschützer gewesen, und alles, was ich in meiner Natur vom Adler oder Stier habe, verdanke ich ihm, so wie ich alles, was von Fisch oder Schlange in mir ist, Albert zuschreibe. Und doch waren wir uns bei diesem letzten Festmahl völlig fremd.

Irgendwann bei dem Gelage sagte David, mir zutrinkend:

»Ich weiß, du bist nicht glücklich, Jean! Aber ich bin's auch nicht. Keiner von uns ist es...«

Seine Augen waren müde wie die eines Ochsen nach dem

Pflügen. Ein weicher Zug lag auf seinem Gesicht, etwas Feminines hatte sich darin ausgebreitet, was mir bei diesem Antlitz, das sich sonst stets hart und spöttisch zeigte, unangenehm war. Chastell, der älteste von uns und – wie ich meine – der gescheiteste, nickte zustimmend. Dieser großartige Trunkenbold und Schwelger, von dem seit einem Jahrzehnt in ganz Burgund die Mär lief, sah aus wie ein morscher Baumstumpf oder schlimmer noch – wie eine löchrige Blase. Keine Kraft mehr in ihm. Nur noch fixe Ideen!

Bevor ich jedoch zu dem Festessen komme, möchte ich kurz noch erwähnen, was in der Stadt geschehen ist, als der Fürst in Arras ankam und die Tore zu öffnen befahl. Ich kenne diese Ereignisse von den Schilderungen sehr verschiedener Personen; denn wie ihr wißt, saß ich selber zu der Zeit im Rathaus und bereitete mich auf den Tod vor.

Mitten in der Nacht hatte man Albert, der wachte und betete, gemeldet, daß sich ein Bote des Bischofs von Utrecht den Stadtmauern nähere und die Öffnung sämtlicher Tore verlange. Albert rief, so schnell es ging, seinen Rat zusammen. Die Ratsmitglieder trafen sogleich im Rathaus ein; Knechte hatten sie aus den Betten geholt. Pierre de Moyes erzählte mir, daß sie eher Strohpuppen als lebendigen Menschen glichen. Alle hatten sie von Müdigkeit und innerer Spannung angeschwollene Gesichter, ihre Augen waren blutunterlaufen, die Glieder kraftlos und schlapp. Schwer ließen sie sich auf den Bänken nieder und sagten kein Wort. Albert, der schon damals todkrank war – von der Wassersucht völlig entstellt –, sagte:

»David kommt zu Gast und heißt uns die Tore aufmachen. Seine Boten warten beim Tor Trinité. Er selber, eine Stunde Wegs von Arras entfernt, eilt uns in schnellem Marsch entgegen. Beratet, was zu tun ist!«

Noch immer schwiegen sie, und Albert fügte ruhig hinzu:

»Wir dürfen uns nicht gegen den Fürsten verteidigen. Das wäre die ärgste Sünde. Und noch das sage ich euch, daß wir dem Druck nicht standhalten würden.«

Wenn de Moyes nicht gelogen hat und es so war, wie er sagt, muß man ehrfurchtsvoll das Haupt vor diesem Rat beugen. Niemand fluchte, niemand weinte. Schweigen herrschte unter ihnen. Schweigend sahen sie einander an.

»Jetzt ist es an uns, zu sterben!« sagte ernst der Wagner Thomas. Der Tuchmacher Yvonnet pflichtete ergeben bei. Sie waren sehr blaß und einen Moment lang wie erstarrt. Vielleicht warteten sie auf ein Wunder. Aber nichts geschah.

Ich bedauere, daß ich sie damals nicht gesehen habe. Pierre de Moyes berichtete mir von dem Vorgefallenen in folgenden Worten:

»Man hörte den Ratsdiener sich bei den Hühnerställen zu schaffen machen. Irgendein Federvieh gackerte im Hof, und wieder war es still. Offenbar hatte der Ratsdiener das Huhn erwischt und wieder zwischen die anderen gesteckt. Der Lahme Thomas sagte: ›Rat, halte den Hals bereit fürs Schwert!‹

Aber die anderen schwiegen wie bisher.

Da ließ sich Albert vernehmen: ›Beten wir um die göttliche Barmherzigkeit!‹ Worauf Thomas ruhig entgegnete: ›Herr Albert, es gibt keinen solchen Gott, der uns verzeihen würde ...‹

Und wieder ließ sich der ehrwürdige Vater vernehmen: ›Gott ist einer und ewig derselbe!‹ Worauf Yvonnet erwiderte: ›Laß uns mit deinen Unterweisungen zufrieden,

Vater. Wir sind ihrer nun leid!‹ Aber er sagte das sehr ruhig, ohne zu klagen.

Die Zeit verrann. Sie saßen schweigend und bereiteten sich aufs Sterben vor. Nicht zu glauben, wieviel Würde in ihnen war und wieviel Schicksalsergebenheit.

Da auf einmal drang Lärm vom Hof herauf, und der Ratsdiener stürmte in den Saal: ›Sie melden vom Tor Trinité, daß der Fürst heranrückt. Sie wissen nicht, was sie tun sollen.‹

Daraufhin blickte Albert einen nach dem anderen an und sagte: ›Entscheidet euch, Bürger, es ist Zeit!‹

Als erster erhob sich Thomas von der Bank. Alle richteten die Augen auf ihn, obschon sie im voraus wußten, was sie zu hören bekommen würden. Thomas legte die Hand auf den Adamsapfel, schloß die Augen und sprach: ›Man muß dem Fürsten die Tore öffnen!‹

Nach ihm ergriff Yvonnet das Wort: ›Öffnet die Tore! Und gehen wir, uns vor dem Fürsten zu verneigen, wie es sich geziemt...‹

Andere sprachen dasselbe. Als die Reihe an mir war, brachte ich keinen Ton heraus, sondern nickte bloß mit dem Kopf, aber Thomas sagte leise und mit großer Ruhe: ›Herr de Moyes, bewegt die Zunge wie die anderen auch! Ihr waret immer ein großer Schweiger, also droht euch, so Gott will, bloß die körperliche Züchtigung und die Verbannung, nichts weiter, also sprecht laut!‹

Wieder nickte ich und sagte, daß die Tore geöffnet werden müßten. Darauf lief der Diener aus dem Saal, und wir alle, Albert voran, folgten ihm nach.

Die Stadt lag in tiefem Schlummer, ohne Ahnung, was ihrer harrte. Ich stützte Albert von rechts, der Faßbinder Nort von links. Der Vater schleppte sich nur noch mühsam fort, so schwach war er und schwer von dem Wasser, das in ihm schwabbelte. Wir gingen schweigend, und jeder dachte nur an das eine. Aber ich sah niemand beten.

Beim Tor hatten sich bereits einige Wachen eingefunden, alle verstört. Von jenseits der Mauern hörte man Getümmel von vielen Bewaffneten, das Schnauben von Pferden und ungeduldige Zurufe. Ich erklomm einen der Wachttürme und schaute herab, bis mir schwindlig wurde. Soweit das Auge reichte, Fackeln auf den Mauern und in ihrem Schein eine große Schar Ritter hoch zu Roß und in Rüstungen. Dort, wo die größte Fackel brannte, erblickte ich Fürst David auf einem braunen Reitpferd. Der Fürst war ohne Rüstung, er trug nur Mantel und Hut. Als ich vom Turm herabstieg, war man gerade dabei, das Tor Trinité zu öffnen. Der Rat stand schweigend, im Schein einer einzigen Fackel. Eisen klirrte, als die Wache den ersten Torflügel auftat. Dann ertönte das langgezogene Kreischen der Haspelradkette, und die Brücke sank langsam herab. Ich blickte zum Tuchmacher Yvonnet hinüber, der ganz in meiner Nähe stand, und ich sah, wie ihm zwei Tränen über die Wangen rollten. Aber ich vernahm keinen einzigen Klagelaut. Furcht packte mich, und ich wollte schon in die Knie sinken; dennoch rührte ich mich nicht, wie auch die anderen reglos standen. Auf jener Seite geriet alles in Bewegung, Pferde bäumten sich auf und wieherten laut. Das waren die Mannen des Fürsten, die für ihn ein angemessenes Spalier bildeten. Als erster ritt David auf die Brücke. Neben seinem Pferd schritten zu beiden Seiten Knechte mit Fackeln. Die Pferdehufe hallten dumpf auf den Holzbohlen wider. Nach dem Fürsten setzte sich sein Gefolge in Bewegung, aber es war so zahlreich, daß ein großer Teil auf der anderen Seite zurückblieb. Jetzt hielt der Fürst im Ritt inne und stieg vom Pferd.

Keiner vom Rat kniete, wir neigten nur die Köpfe zum Gruß. Ich hielt wieder Albert am Arm, der sich ohne fremde Hilfe nicht auf den Beinen halten konnte.

›Warum begrüßt mich der Rat nicht?‹ fragte der Fürst tonlos. ›Ich treffe des Nachts ein und wohl nicht zu passender Stunde, aber ich habe eine weite Reise hinter mir und denke nicht daran, länger auf eine Begrüßung zu warten ...‹

Da trat Thomas aus unserem Häuflein hervor, verbeugte sich noch tiefer und sagte laut und deutlich:

›Die Stadt Arras begrüßt Seine Herrlichkeit den Fürstbischof und stellt sich unter Seinen Schutz!‹

Darauf näherte sich David um einen Schritt und fragte:

›Wer bist du?‹

›Ich bin der Wagner Thomas, genannt der Lahme, wegen meines Hinkefußes. Ich gehöre zum Rat der Stadt Arras.‹

Darauf der Fürst: ›Gott schenke dir Gesundheit, Thomas!‹ – und bestieg sein Pferd, und sich im Sattel zurechtsetzend, rief er etwas munterer: ›Bring mich dorthin, wo ich mich ein wenig ausruhen kann!‹

Wir führten ihn also zum Rathaus, an zwei verbrannten Häusern und dem geplünderten Herrensitz de Vielles vorbei. Beim Vorbeireiten fragte der Fürstbischof:

›Lebt Herr de Vielle?‹

Worauf Thomas, der das Pferd des Bischofs am Zügel führte, mannhaft erwiderte:

›Herr de Vielle lebt nicht mehr; er fiel dem großen Zorn in Arras zum Opfer.‹

Der Fürst nickte mit dem Kopf, sein Gesicht verdüsterte sich, und er fragte nun nichts mehr ...

Soweit die Schilderung Pierre de Moyes', der in jener Nacht unter den Ratsmitgliedern weilte.

Im Namen des Vaters und des Sohnes und des Heiligen Geistes. Amen. Ihr Herren! Stellt euch vor, was in diesen Männern vorging, die da am Tor Trinité warteten und später den Fürstbischof zum Rathaus begleiteten. Zweifellos begriffen sie schon bei der Nachricht von Davids Erscheinen, daß nichts sie zu retten vermochte – ja, daß sie den ganzen Höllenspuk auf sich zu nehmen hatten.

Wenn ein Mensch Gutes oder Böses tut, kann er dabei von der Gnade Gottes oder von der Versuchung des Satans gelenkt sein. Aber in der Stunde, da er zahlen muß für seine Taten, bleibt er allein mit sich, verlassen von Himmel und Hölle. So also schritt auch der Rat von Arras zum Tor Trinité und trug alle begangenen Verbrechen auf seiner Schulter. Doch niemand zeigte Furcht, niemand flehte um Erbarmen, aber auch niemand leugnete das Geschehene. Und sie hätten es ohne weiteres tun können, ja, ganz sicher! Zumal sie sich in jenen grausamen Tagen auf ihren Glauben berufen hatten – vor dem Angesicht des Fürsten hätten sie getrost dasselbe tun können! Und doch haben sie es nicht getan. Offenbar war all ihr Glaube dahingeschwunden, und nun ganz zum Schluß begriffen sie, daß der Herrgott gemeinsam mit dem Teufel ihrer spottete und sie der Welt zum Gelächter preisgab. Tage und Nächte hatten sie den Schild der Vorsehung in Händen gehalten, im festen Vertrauen darauf, daß er sie vor allem schützen würde. Doch als sich dieser Schild als ein gewöhnlicher, von unschuldigem Blut durchtränkter Leinenlappen erwies, warfen sie ihn weit von sich, um einsam ihrem Los die entblößte Stirn zu bieten.

Was heißt schon, daß sie schuldig waren, wenn sie in solcher Verzweiflung schuldig waren – und das noch jeder für sich allein? Eine größere Strafe, als einsehen zu müssen, wie sehr sie von den angeblichen Vorherbestimmungen betrogen worden waren, von denen sie sich guten Glaubens hatten leiten lassen, konnte es für sie nicht geben. Beim Tor Trinité standen sie nackt und bloß und so verwundet, daß sie schon nicht mehr demütig ihre Schuld bekennen mochten. Ja, ich glaube sogar, daß sie sich gar nicht schuldig fühlten in dem Sinne, wie ihnen das ein fremder Mensch zuzuschreiben geneigt ist. Denn sie fühlten sich nicht schuldig wegen ihrer Taten, sondern eher wegen des guten Glaubens, der sie geführt hatte. Wenn sie Zwiesprache hielten mit ihrem Herzen, dann fragten sie sich nicht: Warum habe ich Unschuldige getötet?, sondern sie fragten wohl: Warum habe ich geglaubt, daß man andere Menschen in Arras töten darf? Und es zählte nicht mehr für sie, ob jener unglückselige Celus das Anwesen des Damaszeners verflucht hatte, sondern von Wichtigkeit war nur noch, ob es recht und billig gewesen war, so grausam mit Celus zu verfahren...

Ach, meine Herren! Die Männer aus dem Rat waren niemals zuvor so mannhaft und edel gewesen wie gerade in jener Nacht, da man das Tor Trinité öffnete und David in die Mauern von Arras einritt. Auch wenn sie zu diesem Zeitpunkt noch nicht ahnten, welch grausame Strafe sie treffen würde...

Sie warteten lange darauf, während sie mit sich und ihrem Gewissen rangen. David ritt in die Stadt ein, und bereits am Morgen darauf ließ er verkünden, daß er am kommenden Sonntag eine feierliche Messe zelebrieren und bei dieser Gelegenheit alle Sünden vergeben werde. Arras bereitete sich also auf diese Feierlichkeit vor, und die Ratsmitglieder mutmaßten, daß sie sich später vor dem Bischofsgericht würden zu verantworten haben. Vorläufig gingen sie frei umher, aber ehrlich gesagt, man bekam sie nirgends zu sehen. Sie hielten sich in ihren Häusern verborgen, die Türen fest verriegelt, und waren ein jeder für sich verloren und verlassen.

Doch an dem besagten Sonntag fand kein feierliches Hochamt statt. Am Vortag hatte nämlich der ehrwürdige Albert seine Seele an Gott zurückgegeben. Wie er starb, habe ich bereits berichtet.

So erwies sich der Sonntag, obwohl er ein Freudentag hatte sein sollen, als Trauertag. David ließ ein überaus prunkvolles Begräbnis anordnen. Und was, meine Herren, sagt ihr dazu, daß eine ungezählte Menschenmenge herbeiströmte, um Abschied von Albert zu nehmen?

»Da ist ein Herr von uns gegangen, der gefehlt, aber der geglaubt hat«, sprachen die Leute.

Man setzte den ehrwürdigen Vater in der Kirche der Allerheiligsten Dreifaltigkeit in einer Nische am großen Altar bei. Sein Körper war riesig geworden, und obwohl sehr kühle Tage kamen, so kühl, daß nachts ein leichter Frost anhielt und Rauhreif die Kirchendächer bedeckte, roch er entsetzlich und fiel stückweise auseinander. Eine ekle Flüssigkeit sickerte dem Toten aus allen Gliedmaßen. Es gab Leute, die behaupteten, daß der Teufel sich einen Fluchtweg suchte, aber keiner wollte so recht auf sie hören.

»Herr Albert«, sagten die Bürger, »war ein sehr unglücklicher Mensch, weil er zu inbrünstig geglaubt hat ...«

Folglich begrub man ihn mit Ernst. Es war da weder Liebe noch Verbitterung, sondern eben Ernst und eine große innere Sammlung, die ein Fremder nie verstehen wird.

Alberts Leichnam wurde in der Nische am Altar eingemauert. Es kamen die für solche Arbeiten zuständigen Männer, denen man sonst am liebsten aus dem Wege ging. Sie waren jenseits der Stadtmauern ansässig, fern von allen anderen – zottelig, mit langen Bärten, in Leinenhemden und barfuß. Aber anders als sonst üblich, machte diesmal keiner einen Bogen um sie, und keiner bekreuzigte sich bei ihrem Anblick. Nicht wenige Bürger gaben den Maurern sogar einen Groschen mit den Worten: »Mauert ordentlich; denn das war ein armer und sehr unglücklicher Herr, daher soll er bequem ruhen.«

Als sie die Nische zumauerten, läuteten die Glocken, und die Menschen beteten stumm.

So hielt David erst am zweiten Sonntag die große Messe ab und verkündete die Annullierung der Prozesse, und zu nächtlicher Stunde weilten wir beim Mahle.

Und da war es, daß er mir zutrank und sagte, daß niemand glücklich sei. Ich wußte, worauf er hinaus wollte. Vor Mitternacht hatte er Gericht zu halten über die Mitglieder des Rates. Man hatte ihnen befohlen, sich auf dem Rathaushof einzufinden; aber jeder kam allein, ohne Wächter.

Endlich erhob sich der Fürst und hieß uns mit ihm auf den Kreuzgang hinausgehen, weil er von dort zu dem Rat der Stadt Arras sprechen wolle. Und so gingen wir hinaus.

Die Nacht war kühl, war matt von Fackelschein erhellt. Vom Markt klang gedämpft das Krakeelen des Volkes herüber, dem man befohlen hatte, zu essen und zu trinken und lustig zu sein. Auf dem Hof standen die Männer vom Rat. Es waren Pierre de Moyes, der Lahme Thomas, der Tuchmacher Yvonnet und noch fünf andere; nur sie waren noch am Leben geblieben. Ich sah sie deutlich, im Licht der Kienspäne, die rings um den Hof herum auf knorrigen Stangen steckten.

Lange schaute David auf die Männer herab. Sein Blick war trübe, und ich hörte seinen Atem; er ging flach, als liege ihm ein Stein auf der Brust. Chastell, der neben mir stand, flüsterte mir zu: »Eine schlimme Nacht, Jean!« Das wußte ich auch ohne ihn.

Die Zeit zog sich in die Länge, tropfte rhythmisch in das allgemeine Schweigen. Dort, wo getafelt wurde, war es ruhig geworden, weil man an den Tafeln hören wollte, was der Fürst zu dem Rat sprach. Nur von den vielen menschlichen Atemzügen schwoll die Luft an. Ein leichter Frost hatte eingesetzt, und wir alle waren in zarten Nebeldunst gehüllt. Auf dem Dachfirst sah ich Rauhreif schimmern.

Da endlich sprach der Bischof von Utrecht:

»Wieviel Leiden kann in den Mauern dieser Stadt Platz finden und wieviel in den Herzen seiner Bürger? Ich weiß es nicht, denn ich bin keiner von euch. Ich fühle nur ein großes Bedauern ob des Unglücks, das auf meine Stadt Arras gefallen ist. Aber ich weiß, daß das Unglück eher aus Dummheit als aus Herzensbosheit entstand. Es gibt hier Dumme, Dümmere und ganz Dumme. Ihr, die ihr im Rat gesessen habt, gehört zu den letzteren, weil ihr es nicht vermocht habt, eurem Verstand zu vertrauen, und die menschliche Vernunft mit Füßen getreten habt. Aber für Gott geschieht solches nicht zum ersten Mal auf der Welt. Und auch nicht zum letzten Mal ... Darum sage ich euch nur das eine: Geht aus dieser Stadt auf immer, und nehmt eure Weiber, Kinder, euer Vieh und alle Habe mit! Und möge Gott euch auf den Pfad der Einsicht führen! Denn noch einmal wiederhole ich, was ich heute mittag gesagt habe: Was geschehen ist, ist nicht geschehen, und was gewesen ist, ist nicht gewesen!

Vertraut auf euch selber, sündigt mit Maßen, und betet für die Errettung eurer Seelen!«

Und er schlug über dem Rat das Zeichen des Kreuzes, darauf kehrte er müden Schritts in den Saal zurück. Jene blieben – wie vom Donner gerührt – auf dem Platz zurück.

Verborgen im Schatten sah ich lange zu ihnen hinunter. Sie sanken nicht auf die Knie, um Gott für diese wunderbare Errettung zu danken. Sie verließen den Hof in völligem Schweigen, jeder für sich, so, als würde einer vom andern durch die Gedanken und Taten, die sie gemeinsam gedacht und unternommen hatten, getrennt, und jeder ging in die eigene Richtung davon. Ich aber fand mich wieder an der Tafel ein.

Und eben da brach in mir ein so unbeschreiblicher Jammer los, eine so furchtbare Bitterkeit und Mutlosigkeit, daß ich hätte schreien und heulen mögen aus Verzweiflung über diese Stadt, über mich selbst, über die ganze Welt. Schwer sank ich auf meinem Sitz neben dem Fürsten nieder und starrte auf die Wand. Chastell sprach zu mir, aber ich hörte nicht, was er sagte. Erst als der Fürst meine Hand faßte, hauchte ich:

»Euer Herrlichkeit, das ist alles so schrecklich ...«

»Du hast recht, Jean«, erwiderte der Bischof, »aber man muß sich mit jedem Los abfinden, das uns auferlegt wird. Ich habe dem Rat Barmherzigkeit erwiesen ...«

»Aber das ist ja gerade das Furchtbare!« unterbrach ich ihn so heftig, wie ich es einem solch großen Herrn gegenüber noch niemals getan hatte.

»Furchtbar?« fragte David verblüfft. »Irgend etwas hat sich dir im Kopf verwirrt. Ich behaupte nämlich, daß das einzig Furchtbare der Tod eines Menschen ist; nicht der eigene Tod, sondern der eines anderen Menschen. Weißt du, wie ich die letzten Wochen, da du dich mit Albert abmühtest, verbracht habe? Ich werd's dir sagen. Man hatte mich ans Krankenbett des Chevalier Saint Omer, meines Neffen, gerufen. Ein Kind noch beinah. Er starb lange und geduldig. In einer stickigen Stube, unter Gebetsgemurmel eines Mönches, der Tag und Nacht bei ihm wachte. ›Mein Fürst‹, sagt zu mir dieser Knabe mit dem unschuldigen, lebenshungrigen Gesicht, ›ich will noch nicht sterben. Sag Gott, er solle mir noch etwas Zeit schenken, und ich werde musterhaft leben und fünf Dukaten für eine Kapelle stiften.‹ Was konnte ich ihm antworten? Daß Gott solche Bitten nicht erhört? – Vom Krankenzimmer aus ging ich direkt in die Kirche. Ich kniete nieder und redete dem Gekreuzigten zu, er möge doch ein klein bißchen Mitleid haben. Er schaut mich an und schweigt. Wie immer. Und ich habe dieses Kind so sehr geliebt ... Es stand mir näher als alle anderen Menschen – durch seine Anmut, Vertrauensseligkeit und Demut. Der arme Saint Omer starb, und wir begruben ihn in Gent, wie sich's gebührt. Damals habe ich geweint. Doch wenn du meinst, daß ich gebetet hätte, irrst du dich. Gott hört schon seit langem meine Gebete nicht mehr, und ich will auch keine Zeit vergeuden. Der Herrgott und ich – wir befinden uns beide in großer Disharmonie miteinander; denn er zweifelt an mir, und ich zweifle an ihm. Und irgendwie kommen wir auch ohne inbrünstige Liebe zurecht. Damals, als Saint Omer starb, dachte ich nicht zum erstenmal, daß alle Auflehnung, alles Fluchen, aller Glaube, alles Flehen und Lästern nichts nützt. Es kommt eben die Stunde, und da heißt es: marsch! Für niemanden gab's, gibt's und wird es ein Pardon geben! Nicht genug, daß wir selber abtreten, Gott zwingt uns auch noch, von denen Abschied zu nehmen, die wir lieben. Bei dem

Gedanken an eine solche Grausamkeit stehen einem die Haare zu Berge. Zuerst schenkt man uns das Leben, dann nimmt man's uns wieder. Zuerst führt man uns in Versuchung, dann stürzt man uns in die schwärzeste Verzweiflung. Was auch der Mensch anrührt – alles stirbt. Kein Wunder also, daß er Trost sucht. Einmal hier, einmal dort, nur um an etwas zu glauben, nur um den Tod wegzujagen, ihn zu überlisten. Wenn es uns schlecht geht, sagen wir, daß das nun einmal himmlischer Wille sei. Wenn wir Böses tun, sagen wir, daß Gott uns befohlen habe, auf eben diese Weise um das Heil zu kämpfen. Allein mit uns selber, wissen wir nicht auszuhalten, und stets bedürfen wir etwas außer uns selber, verlangen nach einer Macht, die nicht die unsrige ist und Herz und Hirn anzieht, sie gefangennimmt, berückt, sie zu Brei quetscht, wie ein beschuhter Fuß ein Korn zertritt. Erst dann glauben wir, vom Tod gerettet, glauben wir frei zu sein und ohne Angst leben zu können. Aber das ist alles nicht wahr, lieber Jean! Denn da kommt der Tag, dieser grausamste und allein wichtige Tag, da es gehen heißt! Alles verwandelt sich dann in einen Haufen Mist, weil nichts den Sensenmann aufzuhalten vermag, wenn er an unsere Tür klopft. Und schon gibt es weder Gott noch den Teufel an unserer Seite! Nur wir sind noch da, angstgepeinigt, unglückselige Scherben, Ratten, Fliegen oder auch nur irgendwelche Kleinstlebewesen, so winzig, daß das bloße Auge ihrer nicht gewahr wird. – Als der junge Saint Omer starb, fragte ich mich: Wo leuchten jetzt die Sterne dieses Kindes? Jawohl, erloschen sind sie auf immer. Er hatte andere Sterne als ich, auch wenn die Sterne an sich immer dieselben sind. Seine Sonne scheint nicht mehr, seine Winde wehen nicht mehr über die Erde, sein Regen fällt nicht mehr auf die Felder herab. Seine Bäume rauschen nicht mehr.

Alles ist dahin, zusammen mit Gott, an den er geglaubt, den er geliebt und gefürchtet hat. Ich aber blieb zurück mit meiner Sonne, meinem Wind, Regen, Baum. Was aber Gott angeht – den gibt es nicht mehr. Wenn ich fort ins Dunkel muß, soll er mir doch vorangehen und dort auf mich warten ... Vielleicht hat er nicht umsonst gewartet ... Wozu soll ich mich mit Warterei abhärmen und wozu immerfort Abschied nehmen von allem, was da vor meinen Augen stirbt ... Der Rat der Stadt hat sich eingebildet, daß, wenn man hier so inbrünstig wie nur irgend möglich an Gott und die Lehren des ehrwürdigen Albert vom ewigen Heil glaubt, Friede und Freiheit in diesen Mauern Wohnung nehmen. Ach, mein lieber Jean, warum hatten sie es so eilig, um zu Freude und Glück zu gelangen? Ist es nicht besser, ruhig bei den Tafelgenüssen und Falkenjagden zu verweilen und in sich hineinzulauschen, wie sich allmählich kühle Gleichgültigkeit gegenüber der ganzen Welt ins Herz stiehlt? Wer den Tag nicht begrüßt, muß nicht Abschied von ihm nehmen. Wer sich nicht des Sonnenaufgangs freut, muß sich nicht betrüben, wenn sie untergeht. Wer nicht liebt, ist frei von Verzweiflung. Wer nicht nach dem Heil verlangt, fürchtet auch die Hölle nicht! Weltverbesserung, Jean? Selbst wenn sie erreichbar wäre, dann nur in uns selbst und nicht außerhalb von uns. Die Männer vom Rat haben sich schwer geirrt. Aber ich werde nicht ihr Richter sein. Ich bin allzu müde, um fremde Sünden gerichtlich zu verfolgen. Was schon – wenn sie so dürsten, sollen sie doch ihren Durst stillen! Es war nicht mein Karren, den sie auf Irrwegen vorwärtsziehen mußten. Da ich selber für mich die mir angemessene Freiheit suche, werde ich auch ihnen nicht das Recht auf eine freie Wahl absprechen. Mag jeder seinen eigenen Pfad beschreiten. Die Pfade der Toren sind nicht die meinen, aber ebnen werde ich sie ihnen auch nicht; das führt zu nichts. Die Nüchternen mögen bei ihrer Nüchternheit bleiben und die Tollen bei ihrer Tollheit...«

So sprach David, und ich hörte ihm mit Verzweiflung und wachsendem Zorn zu. Als er zu Ende gesprochen hatte, rief ich aus: »Fürst! Man muß doch aber zugeben, daß ihre Tollheit etwas Heiliges hatte!«

Da brach der Fürstbischof in Gelächter aus. Er lachte schallend und lange, so daß man an den Tischen die Köpfe nach uns drehte und aufmerksam in unsere Richtung schaute.

»Lacht nicht, Euer Herrlichkeit, damit beleidigt Ihr das Andenken derer, die hier ihr Leben ließen!« sagte ich mit einer bisher noch nie dagewesenen Aufsässigkeit.

Er aber, wieder ganz fröhlich:

»Ich verzeihe dir, lieber Jean, du hast offenbar zuviel getrunken!«

»Ich bin nicht betrunken, mein Fürst«, sagte ich, »aber eines weiß ich – die Urteile, die die Prozesse in der Stadt Arras annullieren, sind unwürdig. Es ist kein gut Ding zu sagen, wie du gesagt hast: Was geschehen ist, ist nicht geschehen, und was gewesen war, ist nicht gewesen! Denn die Wahrheit ist, daß das Geschehene geschehen und das Gewesene gewesen ist. Euer Herrlichkeit glaubt, daß ein Zeichen mit der Hand genüge, damit Tränen versiegen, Blutflecke verschwinden und die Gewissen wieder weiß wie Schnee sind. Aber das stimmt nicht! Auf uns alle hier in Arras hat das Grau der Sünde abgefärbt, und wir erinnern mehr an ungebleichtes Linnen als an Schnee und auch eher an Schwarzerde als an Honig. Aber so ist es auch besser; weil aus der Erde das Korn wachsen kann, während von Schnee und Eis nur Kälte ausgeht. Und man kann die Schultern mit einem Hemd aus Leinen bedecken, nicht aber über die nackten Gliedmaßen ein Gewand aus Schnee ziehen. Ihr glaubt, gut und verständnisvoll zu sein, Fürst, doch Ihr seid es nicht! Mangel an Barmherzigkeit tötet, aber ihr Überfluß gleichermaßen. Was habt Ihr mit dem Rat gemacht? Ihr heißt ihn aus der Stadt gehen, ohne Vorwürfe zu erheben und ohne jemand zu bestrafen, so als sei hier nichts geschehen! Aber es ist etwas geschehen! Auch wenn Ihr noch so brennend wünscht, daß das, was war, nicht gewesen ist, so verhält es sich doch ganz anders. Euch, Euer Herrlichkeit, ist gestattet, alles mit einer Handbewegung abzutun, denn Ihr seid fremd. Aber wir? Also, diese ganze ungeheuerliche gemeine Sünde soll sich nun als ein Nichts herausstellen und diese ganze Grausamkeit als Bagatelle? Wozu kroch denn die Stadt Arras in den stinkenden Mist ihrer Verbrechen und Ungesetzlichkeiten, wenn sich nun herausstellt, daß auch kein einziger Schritt vorwärts gemacht wurde? Haben wir dazu die Scheiterhaufen entzündet, die Juden gemartert sowie das einfache Volk, Adel und Priesterschaft, um nun von Euch zu hören, daß das alles nicht wahr, eitles Truggespinst unserer armen Sinne ist? Ihr sagt, es gibt keine Erlösung, kein besseres Teil für die Stadt Arras, für die ganze Welt? Wozu also hat der Sohn den Vater den Stadtknechten ausgeliefert, wozu hat man die jüdischen Gehöfte verbrannt, wozu die Leiber derer, die die Stadt für Abtrünnige hielt, in Fetzen gerissen? In die tiefsten Tiefen sind wir hinabgestiegen, um uns zu erhöhen – und Ihr, Fürst, sagt uns jetzt, daß ein derartiges Unterfangen vergebliche Liebesmüh sei! Das darf so nicht sein in einer von Gott geschaffenen Welt – und wenn nicht von Gott, so doch vom Teufel geschaffen. Und wenn auch nicht vom Teufel, so von uns selber! Euer Herrlichkeit, habt Mitleid mit dieser unglückseligen Stadt, die so eifrig ihren Weg gesucht hat, und sagt ihr nicht, daß der einzige dem Menschen verbleibende Weg zu Falkenjagden oder in den Festsaal führe ... Denn das darf nicht sein. Anders müßte die Erde versinken, die Sterne müßten verlöschen, die Bäume verdorren. Das darf nicht sein, das darf nicht sein, das darf nicht ...«

IM NAMEN DES VATERS UND DES SOHNES UND DES HEILIGEN GEISTES. AMEN. Danach habe ich geweint wie noch nie in meinem Leben. Die Tränen flossen mir nur so aus den Augen vor unaussprechlichem Schmerz. Und zusammen mit mir weinten die beim Festmahl anwesenden Bürger der Stadt Arras, während der Hof des Bischofs überrascht verstummt war. Alle warteten auf die Erwiderung des Bischofs von Utrecht, der mein Freund war. Er war mein Freund, aber ich hatte ihn zutiefst beleidigt, wie es bisher keiner in Gent gewagt hatte, und daher glaubten alle, daß strenge Bestrafung auf dem Fuße folgen würde. Ich bin ganz ehrlich, meine Herren, auch ich habe das angenommen.

David schaute mich mit einem seltsamen Gesichtsausdruck, halb zärtlich, halb spöttisch, an.

»Jean, liebster Kumpan!« sagte er endlich. »Du tust mir leid. Das Merkwürdigste ist, daß das, was ich heute gesagt habe, du doch selber seit Jahren vertrittst. Dein ganzes Leben war schließlich vernünftig und frei von der Verlokkung, Hirngespinsten außerhalb der eigenen Person nachzujagen. Aber du hast viel durchgemacht in der letzten Zeit, du warst einem furchtbaren Tode nah und hast über dein Schicksal mit bislang nicht gekannter Sorge nachgedacht ...«

Er unterbrach sich einen Moment und lachte hell auf, nicht ohne Spott.

»Was mir das Amüsanteste an deinen Worten scheint, will ich dir gern sagen, aber ins Ohr.«

Und er beugte sich zu mir und begann zu flüstern, wobei er vor Lachen prustete, so daß ich ordentlich die Ohren spitzen mußte, um ihn zu verstehen.

»Jean!« sagte er. »Du Taugenichts! Ich weiß nur zu gut, daß du denkst wie ich und fühlst wie ich! Und so wird es immer sein. Aber was du heute dir selber nachsiehst, das verdammst du an mir! Denn von den Herrschern dieser Welt verlangst du tiefen Glauben und erhabene Gefühle, während du dir selber zu spotten herausnimmst...«

»Das ist nicht wahr, Fürst!« sagte ich kaum hörbar, aber die Tränen in meinen Augen waren bereits versiegt. »Ihr tut mir Unrecht mit einem solchen Verdacht...«

»Dich Halunken kenne ich«, erwiderte er, immer noch an meinem Ohr. »Den Fürsten möchtest du alle Lasten der Menschheit aufbürden, um dir selber frei eins zu pfeifen. Du behauptest, daß die Herrscher eben dazu Herrscher sind, um uns alle zu erlösen und besser zu machen. Du hast selber im Rat gesessen, so weißt du, was von den Herrschenden zu erwarten ist. Du verlangst von ihnen nicht nur geheiligte Überzeugung, sondern auch fanatische Herzen, während du selber kühl und unbeteiligt bleiben möchtest. Du bist mir vielleicht ein Schalk, lieber Jean! Sei in Gent mein Hofnarr!«

Da erhob ich mich von der Tafel, was in Davids Gegenwart niemand ohne seine Erlaubnis gewagt hätte. Und nachdem ich mich erhoben hatte, sagte ich:

»Es geziemt sich für mich nicht, solche Worte aus dem Munde Eurer Herrlichkeit zu vernehmen. Da Ihr Arras mit der Buße absoluter Leere bestraft, erlaubt mir von hinnen zu gehen, so wie der Rat von hinnen gegangen ist.«

Worauf David schrie:

»Ach, geh zum Henker, du langweilst mich!«

Ich verließ den Festsaal und begab mich nach Hause. Die Nacht hindurch machte ich mich reisefertig, und das herbstliche Morgengrauen traf mich bei den Reisewagen, die die Bediensteten mit meiner Habe beluden. Bei Sonnenaufgang erschien der alte Chastell auf der Schwelle.

»Ich komme von David«, erklärte er, »um dir zu sagen, daß dir der Bischof alles verzeiht, was bei dem Schmaus vorgefallen ist. Wenn du willst, bleib in Arras, wenn du in Gent oder Utrecht wohnen möchtest, bist du als guter alter Freund willkommen.«

Ich aber erwiderte Chastell:

»Liebster Freund! Sage dem Bischof, daß ich ihn hoch achte und liebe, daß ich mich aber mit der Absicht trage, die Städte Burgunds auf immer zu verlassen. Bei Gott, ich weiß selber nicht, warum ich das tue, aber daß ich es tue, ist gewiß...«

Chastell schloß mich in die Arme und nahm Abschied von mir, und schon zum Gehen gewandt, übergab er mir von David einen Ring mit den Worten:

»Das schickt dir der Fürst für den Fall, daß du beschlossen hast, auf immer fortzugehen. Und er befahl mir außerdem, zu sagen, daß du, falls du fortgehst, für dich selber noch nicht verloren bist!«

Mit diesem Satz ging er. Ich aber trat wieder vors Haus, um die Wagen zu besichtigen.

Ich fuhr durch das Tor des heiligen Ägidius, dasselbe Tor, durch das ich vor Jahren die Stadt zum ersten Mal betreten hatte. Der Tag war beinah frostig, aus den Pferdenüstern dampfte es. Die Wagen knarrten, und von der Luft wurden die Rufe meiner Fuhrleute weit in die Runde getragen. Ich hatte einen treuen Diener in Arras zurückgelassen, damit er meine Geschäfte liquidiere. Als er mich fragte, wohin ich fahre, wußte ich keine Antwort.

Nachdem ich die Stadtmauern hinter mir gelassen hatte, stieg ich vom Pferd und verneigte mich tief vor der Stadt Arras.

Meine Herren! Das war keine kluge und gute Stadt. Aber gewiß entsprach sie ihrem Unglück. Schweres Los ward ihr beschieden, und darum hat sie gesündigt. Klugheit geht nie einher mit Kümmernis.

Ich fuhr also von Arras weg und überließ dabei dem Zufall die Richtung. Ich sagte mir, daß ich dorthin gehen wollte, wohin der Wind wehte. Aber wieder spielte mir die Welt einen Streich, denn als ich nach Süden einbog, schlug der Wind plötzlich um und blies mir ins Gesicht. Ich ließ daher die Wagen umkehren und wandte mich nach Norden. Und als die Fuhrleute meinen Befehl ausgeführt hatten, sagte ich mir: Schwachkopf! Mach dich nicht zum Spielball widriger Winde... Und ich beschloß, nach Brügge zu reisen, das eine vernünftige und von niemandem abhängige Stadt ist. Wieder ließen die Fuhrleute ihre Peitschen knallen, und die Pferde zogen die Wagen durch hartgefrorene Furchen. Ich ritt auf einem Pferd edler Rasse, und immer wieder schaute ich zurück zu den Mauern von Arras, die mehr und mehr in der Ferne verschwammen. Seltsam, daß ich gerade jetzt fortging. Warum hatte ich Arras nicht verlassen, als man über Celus zu Gericht saß, warum ging ich gerade heute? fragte ich mich verwirrt. Warum habe ich mich nicht gegen Albert und seinen vom heiligen Wahn erfaßten Rat aufgelehnt, sondern lehne mich nunmehr gegen den Fürsten auf, dessen Vernunft ich ein Leben lang geschätzt habe?

Ich gab dem Pferd die Sporen, und es fiel sogleich in einen Galopp, der Klümpchen gefrorener Erde unter den Hufen hervorwirbeln ließ. Der Wind peitschte mein Gesicht. Hinter mir hörte ich die Fuhrleute schreien, die mich einholen wollten. Aber ich ließ meinem Pferd freien Lauf, weil ich von ihm so schnell wie möglich getragen sein wollte – so weit wie möglich weg von dieser Stadt.

IM NAMEN DES VATERS UND DES SOHNES UND DES HEILIGEN GEISTES. AMEN. Ich habe gewußt, was ich tue, Ihr Herren!

Für jeden kommt einmal das Verlangen nach der großen Empörung. Wichtig ist, daß ein Mensch die richtige Stunde wählt. Wenn ich in der Zeit ihrer Tollheit aus der Stadt Arras fortgegangen wäre, hätte ich nur meinen Verstand gerettet, an dem es mir schließlich niemals gefehlt hat. Dadurch, daß ich erst jetzt, nach all dem Unbegreiflichen, fortgegangen bin, habe ich mir ein Fünkchen Glauben bewahrt. Nicht viel, aber es reicht als eine Anleihe auf die beste aller Welten.

Dabei habe ich natürlich die berühmte Stadt Brügge im Sinn und ihre Bürger.

Andrzej Szczypiorski
Die schöne Frau Seidenman
Roman

»Gelassen, aller pessimistischen Geschichtsbetrachtung zum Trotz, blickt Andrzej Szczypiorski über die Jahrzehnte zurück auf die finsteren Zeiten, die er selbst einst durchlebt hat, in den Flammen des Warschauer Aufstands und danach im KZ Sachsenhausen. Mit herber Ironie erzählt er von Gerechten wie Schurken, von guten Patrioten und Henkersknechten, Todgeweihten und noch einmal Davongekommenen, deren Geschicke sich verknüpfen zu dramatisch gerafftem Romangeschehen.«
Der Spiegel, Hamburg

»Jedes Porträt für sich ist ein Meisterstück, und die Komposition des ganzen Romans ist es erst recht: ein Erinnerungs-Buch als weiterwirkendes Stück Weltliteratur, damit diese Welt vielleicht ein bißchen besser würde. Diese Utopie hat die Kraft des Trostes.« *Salzburger Nachrichten*

»Gut geschrieben, fesselnd und voller Spannung.«
World Literature Today, New York

»Szczypiorski gelingt der meisterliche Wurf, das unentwirrbare Knäuel osteuropäischer Schicksale und Befindlichkeiten des vergangenen halben Jahrhunderts – losgelöst von jenem Geist der Schwere, der über der europäischen Literatur zu schweben scheint, und so spannend, daß man das Buch nicht aus der Hand legen kann – wenn auch nicht zu entwirren, so doch souverän zu entrollen.«
Neue Zürcher Zeitung

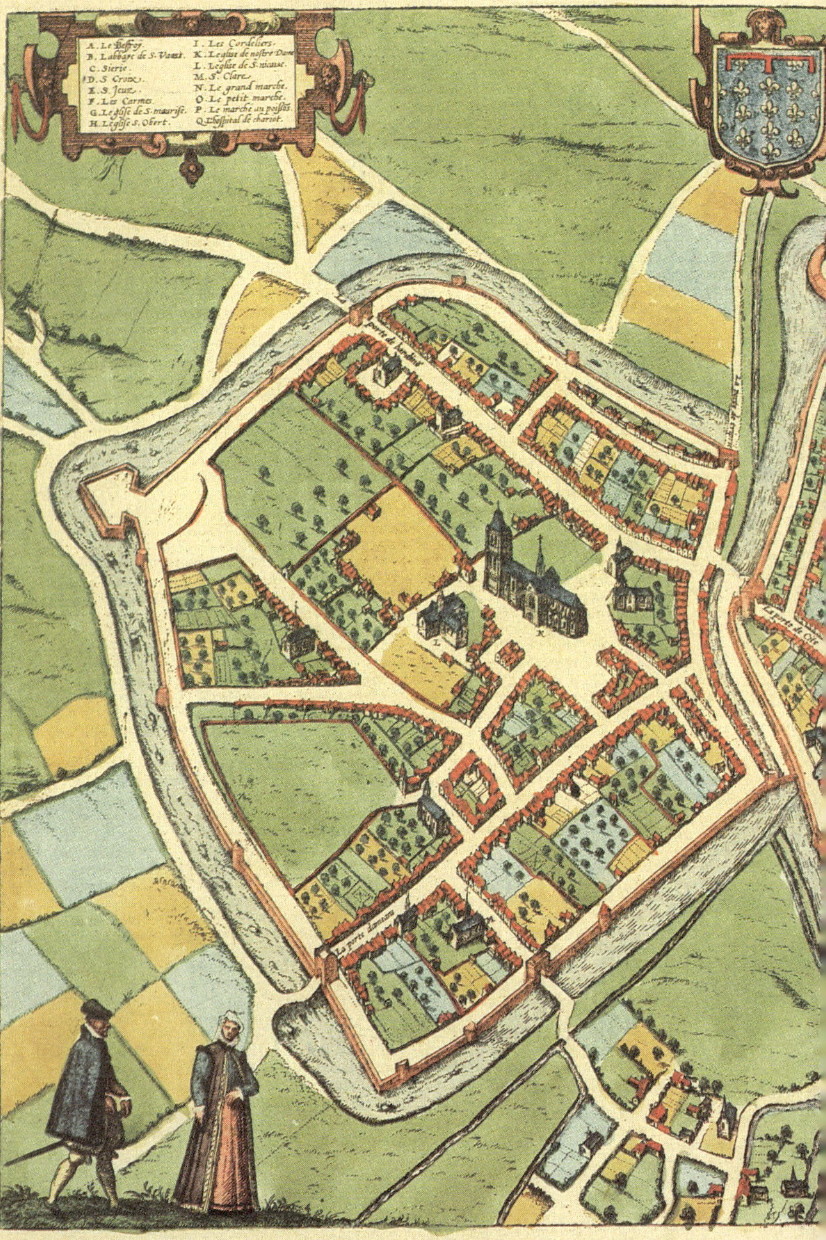
A. Le Beffroy.
B. Labbaye de S. Vaast.
C. Sierie.
D. S Croix.
E. S. Jeux.
F. Les Carmes.
G. Leglise de S. maurise.
H. Leglise S. Obert.
I. Les Cordeliers.
K. Leglise de nostre Dame
L. Leglise de S. nicaise.
M. S. Clare.
N. Le grand marche.
O. Le petit marche.
P. Le marche au poissos.
Q. Lhospital de chariot.
La porte de Cite
La porte Jamain